笙歌扶梦

张充和散记

王道 编著

ZHEJIANG UNIVERSITY PRESS

浙江大学出版社

图书在版编目(CIP)数据

笙歌扶梦:张充和散记 / 王道编著. — 杭州:浙江大学出版社,2020.9

ISBN 978-7-308-19946-9

Ⅰ.①笙… Ⅱ.①王… Ⅲ.①中国文学—当代文学—作品综合集 Ⅳ.①I217.2

中国版本图书馆 CIP 数据核字(2020)第 000055 号

笙歌扶梦
—— 张充和散记

王 道 编著

策划编辑	罗人智	
责任编辑	闻晓虹	
责任校对	刘葭子	
封面设计	卿 松	
出版发行	浙江大学出版社	
	(杭州市天目山路 148 号 邮政编码 310007)	
	(网址:http://www.zjupress.com)	
排 版	杭州林智广告有限公司	
印 刷	浙江印刷集团有限公司	
开 本	880mm×1230mm 1/32	
印 张	11	
字 数	217 千	
版 印 次	2020 年 9 月第 1 版 2020 年 9 月第 1 次印刷	
书 号	ISBN 978-7-308-19946-9	
定 价	58.00 元	

张充和百岁之际为此书题写书名

目 录

第一辑　谈艺寻往

第二辑　友朋岁月

第三辑　春秋世说

第四辑　百年笙歌

第一辑　谈艺寻往

张充和书写乐益女中信笺

1946 年,张冀牖创办的苏州乐益女中复校,张家大弟、毕业于清华大学的张宗和理所当然地成为校长。抗战期间,张宗和辗转多地,曾在云南、四川、安徽等地任教,具有丰富的教学经验。乐益女中在他手里得以复兴,并具有新的气象,很多毕业生都记住了这位开明、和蔼、博学的校长。

只是没多久,张宗和就离开了乐益女中,离开了苏州,远赴贵州师范学院任教。这在当时引起了很多同学的不解,以宗和的资历和实力完全可以在北平、上海、南京等地任教,何苦要跑到遥远的西南边陲呢?

张寰和的夫人周孝华提及此事时说,"大哥要做一世祖",意思是宗和想去一个陌生的地域,建立新的家庭遗传。巧合的是,张宗和的曾祖父张树声就曾担任过贵州巡抚,只不过那已经是很久之前的事情了。听张家人说,张宗和之所以不愿意在乐益女中担任校长,是因为他觉得在自家学校任教拿工资,不好意思,于是他选择走出去,走得远远的。张宗和在贵州传播知识,也传播着昆曲之音,历经波折和艰辛,最终在"文革"末期病逝在了贵阳。2015 年,他与妻子一起被安葬在贵阳美丽的花溪福泽园。他的女儿们仍然继续生活在贵州大地,张以䍐还把儿子的姓氏改为张姓,希望这个在中学教历史的儿子能够传承外祖父身上的精神。

张宗和虽然离开了乐益女中，但他并没有减少对父亲创办的这所学校的关心，这在他后来与四姐充和的书信中可见一斑。当初乐益女中复校时，四姐充和当了首饰，亲自书写了校名招牌，并义务执教。在执教期间，她在一批乐益女中信笺上写过一些诗词。这次新发现的有张充和书法的乐益女中信笺即出自贵州，是从张宗和的遗物中发现的。

四姐张充和与大弟张宗和(摄于 20 世纪 30 年代)

这批诗词中，有一首《挽琴人彭祖卿》，原诗如下：

独有湘江客，击节吟风月。

有琴有酒不思归，一声写尽江梅落。

干戈大地客愁新，又向空山忆故人。

此日一杯掩寂寞，当时啸傲见天真。

君家燕子不寻常，犹自依依绕玳梁。

但教生死情无极，岂必高梧栖凤凰。

人生来去无踪迹，故旧何劳为君哭。

不烧楮箔不招魂，痛饮千杯歌一曲。

很多人对彭祉卿这个名字可能比较陌生，他在一般人眼里并不出名，但在古琴界却是有着鼎鼎大名的前辈宿儒，他与查阜西、张子谦并称"浦东三杰"，并且可能是三人中演奏水平最高的一个。[①]

1939 年到 1940 年，张充和在昆明常与琴人郑颖孙、查阜西等人聚会，由于物资缺乏，张充和便以钓丝代替杭弦，开始习琴，此事给时人留下一段趣谈。当时参加聚会的人就有湖南琴人彭祉卿。

查阜西在《彭祉卿先生事略》中说："海内琴坛名宿于先生弹琴技术皆以'谨严'誉称。其初期指法渊源，传自其先人筱香公，筱香公则变自蜀僧宗广陵者也。及先生两游燕、晋，又受指法于故都九嶷山人杨时百。故其鼓家传《忆故人》《读易》《水仙》诸操，用指多清迈幽逸之情；若鼓九嶷所授《渔歌》《渔樵》《普庵》诸操，则以苍老挺劲称胜。每上座抚弹，必和弦审调，至于极准，然后凝神下指，为洪钟荡魄，稳若泰山。"

① 详见严晓星《往事分明在，琴笛高楼——查阜西与张充和》一文，分别发表于《万象》2011 年 4 月、5 月、6 月号。

当然，查阜西也提及彭祉卿的孤愤性格，"一生瑰意琦行，与人落落寡合，一语径庭，辄拂袖而起，幸友辈均能谅之耳。浼近几载，当大时代之艰难，俯蓄之资益困，又因得新欢而竟失恋，廓处悲忧穷蹙，乃复纵酒伴狂，绝弃形骸，自为牃贼。余时或劝其节量续胶，辄报以无情之怒目"。或许正因为如此性格，彭祉卿英年早逝，于1944年客死昆明。

张充和曾评价过郑颖孙、查阜西、彭祉卿三人的琴风：郑颖孙最静；彭祉卿最野，一弹琴，玻璃窗都震动；查阜西比较活泼，处理得正好，弹起来一点不动声色，真了不起。

从张充和的诗词中可见，也可以看出彭祉卿的为人性格和身世背景。"啸傲见天真"倒是与她后来对他的琴艺"最野"的评价颇有些相称。战争时期，寄居后方一隅的知识分子的心情可能是偏于压抑的，但是彭祉卿反倒潇洒释放，为此张充和虽然对他的一些行为并不认同，但对他的性格倒也颇为欣赏。因此彭祉卿逝世后，她建议朋友们不必烧纸钱也不必痛苦不已。她认为，这样一位潇洒高士本就是来去无踪的，他的去世，其他的可以省去，但酒是一定要喝的，最好来个千杯之后再放歌一曲。

从这首词的手稿可见，张充和在个别字上有所修改，并特地在"空山忆故人"处标注符号，既是对彭祉卿家传名曲《空山忆故人》的强调，也是抒发琴友们对故人的追思之情。整篇书法写来，款款而至，可见情深意重，而且有几个字已溢出了红框，给人以弦外之音、诗外之意的感觉。

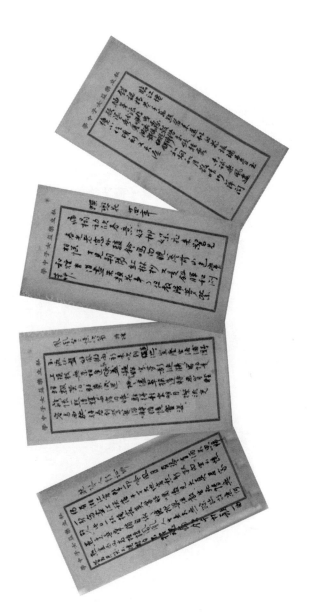

张充和在"私立乐益女子中学"信笺上书写的部分诗词（张以䇖/供图）

这首词应该是写于 20 世纪 40 年代，可能是张充和在逃难中携带了一部分乐益女中的信笺，也可能是她抗战胜利后回到苏州复校时所写。

另外七枚笺纸上的诗词应该也写于 20 世纪三四十年代，依次（根据装裱的顺序）照录出来，并做个别注解。

凤凰台上忆吹箫·荷珠

玉液仙盘，好风微雨，新来吹到莲池。岂尘生洛浦，溅上瑶枝。无奈相逢翠盖，凝眸处，梦影涟漪。最怕是，萤飘蝉泊，败叶低迷。

栖栖（依依），尽翠摇篷转，粉褪房空，忍肯轻离。怅一点清辉，与露同晞。驻得彩云明月，灿流光，容易西驰。待春到，莺簧溜啭，犹忆灵姿。

蝶恋花·廿四年

病榻初欣春意好，柳絮飞来，惊见春光老。窗外驴铃鸣向晓，檐前山色常相恼。

才见朝阳红树杪，又是斜晖，和闷和烟杳。消尽朱颜花事了，但教归梦萦芳草。

临江仙①

错认杨花千万点,看来还似飞花。琉璃为骨玉抽芽。浪游曳雾谷,潜处敛轻露。

未试乘风遽欲坠,参差波影低斜(分明嘉号徒夸)。和烟和月散晴沙。萍问才小住,顷刻又天涯。

右江安晚步·三十年促

万山新雨过,凉意撼高松。

旅雁难忘北,江流尽向东。

客情秋水淡,归梦蓼花红。

天末浮云散,沉吟立晚风。

咏蟋蟀②

残垣惟碧瓦,犹是废王宫。

别院生蛛网,空阶长蔓丛。

多情吟晓月,随意话西风。

莫鼓清商曲,蝼蛄调不同。

---

① 这首词是第一次看到,看上面修改颇大,应该是写于 20 世纪 40 年代。张充和在抗战期间写过不少《临江仙》,1943 年,汪东在和张充和《临江仙·咏桃花鱼》中即有"点点是杨花"一句。

② 这首诗应该是写于抗战胜利后一段时期,张充和与家人从重庆回到苏州家中,其家地址为张士诚旧宫城所在,俗称"皇废基"。再次回到家中,人非物非,庭院荒废,父亲已经去世多年了,私立乐益女中也停办了很久,这一切恐怕都会勾起张充和的伤感和诗意。

水边章

水边红绽碧桃枝，散发妆成柳万丝。

微暖微寒如有意，未妨小别试相思。

无题

闪灼光芒若有无，星星摇动一茎扶。

直从叶破疑方解，不是珍珠是泪珠。

张宗和小女张以䜣特地将这八枚信笺装裱在了一起，并邀请张家世交、著名书法家戴明贤先生题跋如下：

右小笺八枚乎梁张充和女史之诗词手稿也。笺头署私立乐益女子中学，乃女史尊人武龄公创办于苏州者。张氏十姐弟中女史与大弟宗和手足之情最笃，宗和先生珍护此数笺达数十年。先生于公元一九七七年谢世后，幼女以䜣整理遗物，出此数笺于箧中，乃付装池并嘱予缀按语于卷末，俾观者知其由来。公元二零一二年壬辰白露后一日谨记⋯⋯

戴先生与宗和先生相交多年，历经多次运动，危难时期并肩渡过，想必他看到这些遗物，定是别样滋味涌上心头。

这八枚充和女士的诗词手札得以保藏至今，应得益于张宗和

右小簡八枚乃梁張充和
女史之詩詞手稿也簡牘累
祇之樂蓋女子中學乃女史尊
人武嶺公創辦于蘇州者
張民十姐字中女史與大弟
宗和手足之情最為宗和先
生珍護此數簡達數十年
先生于公元一九七七年謝世後
幼女以紙贅理遺物此山數簡
于篋中乃付裝池并囑予
綴數語于卷末俾觀者知
其由來　公元二零一二年壬
辰仲夏以珉一日謹記于童寓
晴牕之下珉可載以珉

贵州书法家戴明贤（张宗和好友）为张以珉所藏张充和手札作题跋

先生的有心和用心,否则,如何能逃过荒唐年代的种种劫难。如今,张充和的书法早已成为坊间珍品,这批手札不仅价值可观,更是一种人情和历史的见证。当笔者把这些作品拿给周孝华女士看时,她也惊讶了,居然有这么多呢!她看了又看,说:"你看,四姐早期的字啊,这里的撇捺、结构什么的,和后来不一样了。后来规整了,更好看了。当然以前也好看,但是还不够好。"周孝华女士又说,她四姐到了大后方后,其书法经过沈尹默等人指点,确实大有提高。周孝华女士从小与张家孩子一起练习书法,也见证了张充和早起、勤练的场景,如今的她看到这些手札,当然别有一番品评。

张充和与小泉八云的一次"文缘"

很难将"小泉八云"与"张充和"的名字联系起来,笔者直到偶然读到张充和译小泉八云的一篇文章,才确信他们有过文学交集,不由为这样的偶遇感到欣喜。一位西方男子,因缘巧合,最终落户在了东方,成就了自己的文学梦想;一位东方女子,嫁于西人,最终在美利坚成就了她的国学传承。历史上的文字结缘,恐怕都是不经意间的意外吧。

为了弄清这篇文章的背景,我找来了国内出版的有关小泉八云生平和著作的相关作品,其中最有价值的是刘岸伟先生的《小泉八云与近代中国》(盛莉译,武汉大学出版社2007年版)。笔者在此引用刘先生的资料:小泉八云原名拉夫卡迪奥·赫恩,1850年6月27日生于希腊伊奥尼亚群岛中的桑塔莫拉岛(现在的莱夫卡斯岛)。当时该岛受英国统治,赫恩的父亲就是英国驻军中的一名爱尔兰军医,母亲则是希腊妇女。据说在其父血统里有吉卜赛人的血脉,赫恩常以此自豪。五岁时因父母离异,赫恩遂被一位富裕的姑母收养。1863年赫恩进入萨利郡达拉姆市郊外的圣卡斯帕特神学院(现在的达拉姆大学)学习。少年时的赫恩快活顽皮,作文成绩总是名列前茅,也是恶作剧的能手,其在一次游戏中被飞来的绳结误伤左眼以至失明,从此他的人生充满了阴影。不久姑母破产,赫恩被送往法国学习，由此打下了法文的基础。但其后他不得不自行谋生，十九岁搭乘移民船只身远渡美国，在"新大陆"生活了二十一年，度过了人生中最困苦的时期，同时亦是为生存为文学创作奋斗拼搏的时期。生活在社会的底层，赫恩目睹了美国大工业社会的种种阴暗与腐朽，这些体验对他的人生观产生了深远的影响。

1890 年，步入中年的赫恩作为纽约哈珀兄弟出版公司的特约撰稿人乘坐阿比西尼亚号汽轮前往日本，于 4 月 4 日抵达横滨。当时他来到远东这个神秘的国度只是为了寻求创作的灵感及新的文学素材，未曾设想就此结束了自己半生的漂泊而终老日本。经著名语言学家、《古事记》的英译者张伯伦（Basil Hall Chamberlain）教授的推荐，赫恩在岛根县松江市普通中学及师范学校得到了一个英语教师的职位，从此开始了在日本生活、写作的后半生。

小泉八云之后先后在日本东京帝国大学和早稻田大学任教，并与日本人小泉节子结婚。他在日本生活了十四年，他的作品既带有日本民族主义的气息，但同时也带着西方人的洞察和发现。他将日本的文化置于整个世界史下，以特有的切身体会去写作，因而更富有主观意义和真实感，让人觉得亲切而又有距离，引人关注。很多人了解小泉八云，是从他笔下的日本文化开始的。

根据刘岸伟的研究，1920 年开始，赫恩的作品就经常以"小泉八云"的署名在中国的各种杂志中出现。1930 年上海商务印书馆出版了他单行本《日本与日本人》这样一本很有特色的书。译者胡山源，是一位小有名气的作家。

20 世纪 30 年代的张元和与张充和

"胡山源"这个名字让我一下子想到了张充和父亲张冀牖创办的苏州乐益女中。该校名师荟萃,1925 年到 1926 年,文学家胡山源曾在该校任教并任教务主任,他的《文坛管窥》中对这段经历多有提及,并收入了他的译作《日本与日本人》。胡山源后来去了上海,仍与张家保持着联系。

胡山源在《日本与日本人》的序言中提到:"小泉八云的作品在我国已有很多人翻译过,但是翻译的大都是他的文艺评论,而他的作品却似乎尚未受到关注。"

可见小泉八云的作品流传到中国是从文艺评论开始的。根据刘岸伟的研究,《小说月报》早在 1924 年、1926 年就刊登过小泉的

《评拜伦》《小泉八云的文学讲义》。到了 1929 年，上海北新书局出版发行了小泉八云的《西洋文艺论集》(侍桁译)，《语丝》杂志还对该书做了推介："小泉八云是日本最著名的文艺评论家。本书是摘选了他在日本的大学所教授的英国文学课讲义录的翻译之作，对欧美各国的小说、散文、文艺评论以及各个作家都进行了细致的研究和评论。因为讲义的文体，所以语气浅显易懂、流畅生动。"

张充和翻译的这篇《济慈》，看上去像是小泉八云的一篇文学讲义。在小泉八云去世十几年后，其弟子厨川白村曾撰文称赞老师的文学讲义："这部讲义所用的英语是中学毕业水平的人也可以毫不费力地理解的极其简单易懂的语言。不仅是诗，就连解释晦涩难懂的哲学思想，老师也没有用难懂的语言去进行说明。"

小泉八云曾专门写过拜伦、雪莱，刘岸伟指出《济慈》这一篇曾出现在《文学的解释》第一卷，但笔者未能找见。而在 20 世纪 30 年代初期，翻译出版小泉八云的著作达到一个小高潮。但是在现存的版本中未能见到这篇《济慈》，只在《小泉八云散文选》(孟修译，百花文艺出版社 2009 年版)中有篇《济慈诗二首阐释》。这篇文章开头就指出："在济慈所有表现热情的作品中有一种极为纯洁的美——因为他有一颗赤子之心——真诚而高尚。"文中引用了济慈的疑似绝笔的十四行诗，阐述了济慈对于爱情如孩子般纯真的情怀。文章结尾写道："在写这首诗的时候，可怜的济慈准想到自己也处于同样的情况下，怀着一种致他于死的爱情，无望地爱着，他所爱的人，无异于一个无情的美女。"

无疑,小泉八云对天才济慈是怀着偏爱的,在他的笔下,充满着对济慈的同情、悲悯和欣赏。

张充和生于 1913 年,早年因为家庭缘故被送给了叔祖母收养,离开亲生家庭跟着叔祖母在合肥老家生活了十六年。早年的际遇,可能会让她对济慈的经历及作品有所偏爱。翻译这篇文章时,她正在上海读光华实中;其二姐张允和正在光华大学读书,即将毕业,并于 1933 年夏与周有光结婚后赴日本留学一年,后回到光华实中教书;三姐张兆和已经从上海大学毕业,并于次年与沈从文在北平结婚。在光华实中的校刊里,有张充和致二姐张允和、致老师、致同学锦(指许文锦)的信,有张充和的校长廖世承的讲演,署名都非常清晰,如"廖世承/讲 张充和/笔记"。这篇有关济慈的诗论文章署名则是"小泉八云原著 (张充和)",在图书馆的资料库里,则记录着"张充和译"。可惜刊发这篇译作的原刊不全,无法进一步还原。

翻查张充和于 1936 年至 1937 年在《中央日报》编辑副刊《贡献》时写作的稿件,有小说、散文、艺术评论、书评等,但并无翻译作品出现。有关自己的英文水平,她曾自谦是中学生水平,在同期刊登的张充和的信里提到了她在图书馆自习时即自修英文单词,并在信里提到英文老师为一只小猫取英文名的故事。后来她在给大弟张宗和的众多书信里,倒是汉英混杂,或许是因为早期考上了北京大学(数学零分,国文满分)研修英文,也或者是当时与德裔美籍汉学家傅汉思恋爱并结婚后,她的英文水平得到了大大的提高。

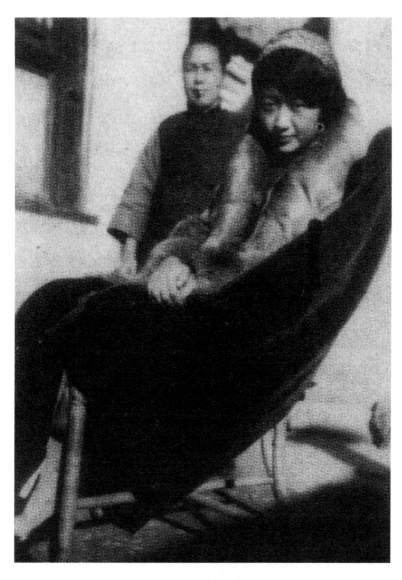

1937 年张充和在合肥

这篇译作时常透露出张充和的口气和同情之心,如"济慈写诗时很早,在一八一七年第一次出诗集时,他还是个孩子。他有一点点钱,这点钱够他生活,因此能免于冻饿,这冻饿的困苦,是无宽裕经济而想从事文学者所不免的……"张充和后来在给张宗和的信中曾有如此口气,说有人要买她的画作,但她无意在画中有所追求,只想更多地发展书法,她说,她渴不着,饿不着,还有丈夫养,因此可以专心练习书法。济慈"是一个管马房的儿子",出身不好,经济窘迫,但却固执地坚持自己的理想,这一点,应该是打动张充和的地方。她自己同样是固执的,她明知道自己考取北大无望,但还是敢于去坚持,去争取,并得到了意外的收获,她崇古却又尽力争取进入现代学堂的机会。她在写于1932年的作文里就表达与幼时陪伴自己的仆人儿子的友情,希望彼此打破庸俗的身份界限,成为纯粹的朋友。她对追求光明的庵堂里的瞎子尼姑,对管马房并出租马匹供她骑行晨练的老人,对敢于追求真爱的婚后私奔的女仆,都抱着非常的同情之心。这种种同情之心,也时时表现在这篇译作里,这同情里充满着支持,充满着爱意,也充满对自己的自励。

一个偶然的机会,我查到了同一期《光华实中校刊》的"编者的话",署名为"昌南"的老师专门提到这篇译文:"充和是一个活泼有为的孩子,她像屠格涅夫《前夜》里的海伦,也像莎翁戏剧中的Rosaline。济慈这篇文章,是我督促她译的。略知西洋文学的人,济慈当然晓得。"

从光华大学毕业的文学学士高昌南,后在光华实中担任英文教员,他与张充和二姐允和为同事,还与张家孩子一起听昆曲。高昌南自己也动手翻译了一些英文文学经典,可能是充和身上的某些灵性打动了这位英文教师,他鼓励充和动手翻译作品,从而使张充和为我们留下了一篇富有灵性的译文。

如今,张充和女士已经仙逝,很多人对她的纪念文章都会提到"十分冷淡存知己,一曲微茫度此生"这句诗。据说此话来源于济慈的墓志铭,"此地长眠者,声名水上书"。现在来看,把昆曲、书法、诗词当作"玩"的张充和早已经把自己的名字写在了水上,早在30年代她就受了济慈的影响。

至此,真想知道:张充和第一次读到济慈的诗,读到小泉八云笔下的济慈时,会是怎样的心情?

不愛國，日本人就太愛國，兩個都不行，這也是衝突的。

要避免衝突，有幾個條件：

1.觀察一件事，要從四面八方去看。

2.虛心下氣，別人的意見也要顧，

3.要注意實地經驗。

注意這三個條件，大約可避免各種衝突了。

（張充和）

濟慈　小泉八雲原著

濟慈不像雪萊和拜輪一樣的出自名門望族。他是一個管馬房的兒子——就是說，這種管馬房的職業在那時候是不尊貴的。但是他經濟寬裕能使他的兒子去受相當教育。

濟慈在一七九五年，進了一個普通的學校，受了些普通的教育，十五歲時做一個外科醫生的學徒。他的地位和普通日本中學畢業生一樣，可以做醫生的助手。他，因為他的經濟能力不能使他學習艱深的醫藥課程。一個聰明的孩子，要是有堅強的鮑力，很大的恆心和工作上的力量，學徒事業極易成功。濟慈是一樣都沒有的。他見了血就會發昏的；無論如何，他總做一個很好的醫生。不久，他丟開這件事去研究文學。你們特別是外科醫生，他不曾受過好好的教育——希臘和拉丁文都沒應該記得，他所讀的很有限。但是他能補起這些缺點來——讀過。所以即使他沒受過高深的教育，但是他能影響英國詩歌比別的詩人都大。

濟慈寫詩時很早，在一八一七年第一次出詩集時，他

還是個孩子。他有一點點錢，這點錢夠他生活，因此他能免於凍餓，是無寬裕的經濟而想從事文學者所不免的，他仍然沒有像雪萊拜輪一樣的機會，他沒有錢買書。他住在大都市中的一間小房裏，每天做着翻譯希臘作家時所引起的好夢，但是希望和熱誠是很大的。他那疲憊而精細的肺每天呼吸着倫敦的煤煙，但是希望和熱誠是很大的。他的希望和熱誠在一個時期裏經過許多粗魯的人在大雜誌上罵過而灰心。他們不僅說安特美恩（Andymion），不僅讚笑他的工作無聊，並且還攻擊濟慈的個人，這種譏笑他的，於是差不多無可容忍。他們發見了濟慈是醫生的學徒，於是譏笑他的職業。他們說他沒有體像他這種職業的人還有資格做詩的——告訴他沒有人照像他這種——叫他仍然回到醫室裏去做點有用的工作。這種種，對於一個天真善感的孩子是多麼的損傷。這種種，他自己也沒有知道，對於一個人，照他天性的仁良怕連他於死地的話，也是不正確的——這不過是文學上的張揚罷了。固然，這事情對於他的創傷不淺，但他依然勇敢地努力工作下去。沒有一種東

张充和为陈世骧书写《文赋》

1949 年年初,张充和一家初到美国暂居在加州,在加州大学伯克利分校认识了一个北大的校友——文学评论家陈世骧。两家在此相处多年,结下了深厚的友谊,张充和还应邀为他的《陆机〈文赋〉》译文修订本书写了中文全文。

初到美国加州,张充和与傅汉思便遭遇了生活中的种种艰难,如租房子时即遇到歧视东方人的情况,很多当地人对他们是明言拒绝。找工作也很困难,张充和的学历不够,傅汉思因为改变专业还没有拿到博士学位。这时,幸亏还有一帮华人朋友在加州,如语言学家赵元任先生。从张充和与傅汉思初到美国的交往可见,帮助他们进入加州大学工作的可能就是赵元任。这位语言学家从 1947 年即在加州大学伯克利分校东亚语言与文化系任教,此后一直在此执教和生活。根据赵元任的年谱记录,1949 年上半年起,从中国赴美的多人路过加州到访赵元任家,其间他交往的人中有胡适、陈世骧、老舍、李方桂(语言学家)等,这一年赵元任还接到了加州大学校长 R.G.斯普劳尔(R.G.Sproul)委任他出任东方语言系主任的通知,并于 1950 年年初即代理系主任职务。张充和在此间的家信中多有提及与赵元任、胡适、陈世骧、李方桂等人的交往,甚觉温馨。

或许正是因着感受到了别样的人际温情，张充和与傅汉思决心在加州坚持住下去，而不是听从亲友的劝说回国。

因为在加州生活困难，张充和才动了卖掉"祖传宝贝"的念头。在卖了几锭明朝古墨后，张充和一家总算有了暂时的居所并开始了他们的美国生活。生活窘迫，但却没有影响到充和唱昆曲的兴致，尤其是与同胞好友在一起聚会时。"1957年1月29日晚，赵元任家中聚会，伯克利、旧金山两地中国朋友送行，韵卿母女做菜，张充和唱《游园》《思凡》。元任弹唱我的《上山》《他》《也是微云》……"这一天是小年夜，除夕前一天。故国旧人，相聚海外，共同迎接春节的到来，不久后胡适将返台。依依惜别，曲声悠悠；乡音不改，欢喜惆怅。从加州起头，张充和开始了她的昆曲行动，似乎那是她的另一种生活的延展，她一路唱到了美国东部耶鲁大学的校园。

1953年春，张充和便开始在加州继续她的曲音，她先在加州大学妇女俱乐部午餐会上演出了《思凡》，"小尼姑年方二八，正青春，被师傅削了头发。每日里，在佛殿上烧香换水，见几个子弟游戏在山门下。他把眼儿瞧着咱，咱把眼儿觑着他。……"张充和的曲声无意中引来了一位知音——在此执教的文学评论家陈世骧，他同样精通古音，能奏善唱。1953年夏，陈世骧在加州奥克兰米勒学院讲授中国文化课时，邀请张充和演出《游园》，那是《牡丹亭》的经典曲目，也是充和的拿手好戏，她的演出和陈世骧的解说相得益彰，效果大好。

1954年夏，在美丽的旧金山州立大学校园的小剧场，张充和再次与陈世骧（说明）合作，演出《游园》，这一次配角春香为徐樱（李方桂夫人），现场笛子伴奏为李方桂。这一对伉俪曲友早在苏州时即与张家姐弟在一起拍曲，两人向张充和学习昆曲唱做和吹笛，也是张充和最好的朋友之一。

在加州，张充和还与陈世骧合作了一本册子——陈世骧翻译的《陆机〈文赋〉》，张充和受邀书写中文全文，可谓她一件比较具有代表性的书法作品。

陈世骧，字子龙，号石湘。1935年北京大学外国语言文学系毕业，后留校任教。抗日战争时期辗转到美国执教，1945年受聘加州大学伯克利分校，执教于该校东亚语言与文化系。众所周知，他与著名作家张爱玲的恩恩怨怨即发生在这里，但是陈世骧的著述以中国古典文学为主，兼及中国当代文学以至翻译研究。早在北大就读时陈世骧便以诗著名，常与卞之琳、李广田、何其芳一起探讨诗歌。陈世骧曾以"文学：以光明对抗黑暗"为题写了一篇论文，连同英译《文赋》一起发表在1948年出版的《国立北京大学五十周年纪念论文集》中，据说这是《文赋》最早的英译本，后来陆续又出现了其他译本，但陈世骧自认为，"惟其精神和风貌，容我指出，与拙译实不相同"。夏志清曾说："世骧最精心的译作当然要算是他一九四八年在北大五十周年纪念刊上所发表的那篇《陆机〈文赋〉》了。"陈世骧译本因为时逢乱世，影响并不大。到了加州大学伯克利分校后，陈世骧以《文赋》之英译正式开启了他的古典文学研究生涯，并希望再整理译本出版单行本。

陈世骧译《陆机〈文赋〉》封面

余每觀才士之所作，竊有以得其用心。夫其放言遣辭，良多變矣，妍蚩好惡，可得而言。每自屬文，尤見其情，恒患意不稱物，文不逮意，蓋非知之難，能之難也。故作文賦以述先士之盛藻，因論作文之利害所由，他日殆可謂曲盡其妙。至於操斧伐柯，雖取則不遠，若夫隨手之變，良難以辭逮，蓋所能言者，具於此云爾。

佇中區以玄覽，頤情志於典墳。遵四時以歎逝，瞻萬物而思紛。悲落葉於勁秋，喜柔條於芳春。心懍懍以懷霜，志眇眇而臨雲。詠世德之駿烈，誦先人之清芬。游文章之林府，嘉麗藻之彬彬。慨投篇而援筆，聊宣之乎斯文。

其始也，皆收視反聽，耽思傍訊，精騖八極，心游萬仞。其致也，情曈曨而彌鮮，物昭晰而互進。傾群言之瀝液，漱六藝之芳潤。浮天淵以安流，濯下泉而潛浸。於是沉辭怫悅，若游魚銜鉤而出重淵之深；浮藻聯翩，若翰鳥纓繳而墜曾雲之峻。收百世之闕文，採千載之遺韻。謝朝華於已披，啟夕秀於未振。觀古今於須臾，撫四海於一瞬。

然後選義按部，考辭就班。抱景者咸叩，懷響者畢彈。或因枝以振葉，或沿波而討源。或本隱以之顯，或求易而得難。或虎變而獸擾，或龍見而鳥瀾。或妥帖而易施，或岨峿而不安。罄澄心以凝思，眇眾慮而為言。籠天地於形內，挫萬物於筆端。始躑躅於燥吻，終流離於濡翰。理扶質以立幹，文垂條而結繁。信情貌之不差，每變化而在顏。思涉樂其必笑，方言哀而已歎。或操觚以率爾，或含毫而邈然。

若夫應感之會，通塞之紀，來不可遏，去不可止。藏若景滅，行猶響起。方天機之駿利，夫何紛而不理。思風發於胸臆，言泉流於唇齒。紛葳蕤以馺遝，唯毫素之所擬。文徽徽以溢目，音泠泠而盈耳。及其六情底滯，志往神留，兀若枯木，豁若涸流。攬營魂以探賾，頓精爽而自求。理翳翳而愈伏，思乙乙其若抽。是以或竭情而多悔，或率意而寡尤。雖茲物之在我，非余力之所勠。故時撫空懷而自惋，吾未識夫開塞之所由。

伊茲文之為用，固眾理之所因。恢萬里而無閡，通億載而為津。俯貽則於來葉，仰觀象乎古人。濟文武於將墜，宣風聲於不泯。塗無遠而不彌，理無微而不綸。配霑潤於雲雨，象變化乎鬼神。被金石而德廣，流管弦而日新。

右陸士衡文賦一首錄為
石湘學兄
一九五二年五月二十五日光和
試方于舊金山一九五二年所蓄九子龍
墨於相光華

张充和手录《文赋》(部分)

　　陈世骧在译《文赋》时坚持认为"诗是危机状态下的语言",并说:"我一直希望无论如何要把这篇作品用诗的格局展现出来,因为它是超离俗世的晦暗紊乱以后,在那崇高壮美的时辰,通过对创作的沉思而激荡产生的。"①

　　在中国文学理论史上,《文赋》的地位极为显著,应该说因为陈世骧的译作,美国汉学界对之有了更纵深的了解。陈世骧在出版修订本时特邀张充和书写《文赋》,可能正是看到了她身上的古典意蕴和诗歌传统。在1952年出版的译文单行本封面上陈世骧自题"陆机文赋"字样,字体习古。译文前有张充和手书《文赋》原文,小字秀逸,不疾不徐,古意十足,是张充和女士一如既往的风格,落款为:"右陆士衡《文赋》一首录为石湘学长兄　一九五二年五月二十五日充和试方于鲁一五八二年所制九子龙墨于柏克莱②。"

　　在家信中,张充和曾多次致信大弟宗和提及这次书写,如1955年7月31日的信中提到:"我几年前写了一篇陆机的《文赋》,在陈世骧翻译的书中,总算影印得十分满意,连图章的颜色都不差。我用明方于鲁墨写的,墨华甚佳。"1963年3月26日则写道:"寄的陆机《文赋》英译本收到么？那是北大同学陈世骧翻的,我写的,墨是方于鲁(明),印色是乾隆,印时非常仔细,颜色与原来差不多。现在已是善本书了。当时只印四百本。"当时向四姐学书

　　①　陈世骧:《中国文学的抒情传统》,北京:生活·读书·新知三联书店,2015年。
　　②　"柏克莱"即伯克利,现一般译为"伯克利"。

的宗和迫切想要一册《文赋》抄本,只是当时邮路不畅,恐怕一直未能收到,后来张充和在信中说她也只有一本了。时间来到 20 世纪 80 年代,沈从文先生又关注到了这册《文赋》抄本。

1980 年 3 月 3 日,沈从文致信傅汉思、张充和:"过春节时我在人大会堂茶会中,见到金克木先生,他说及你五×年和汉思兄合译了陆机《文赋》,似根据几个不同版本校译的,末后还附有你书的精美小楷《文赋》全文。据说只印四百本。送过北大一本。他还在北大教法文,因托图书馆查查,果然目录中载有此书。随后居然已将原书查得,即刻收入善本(或珍本)类。并答应为我搞个复印本。你们手边不知是不是还有这本书,若已没有,待金为将复印本找来时,我们看过后,或再印个复印本,或直接把这边得的本子寄你。"

沈从文显然是把译者弄错了,傅汉思翻译、张充和写的是《书谱》。如今,这本深紫红色的《文赋》册子已经不多见了,即使偶尔出现在旧书冷摊上也是价格不菲。张充和对于《文赋》的理解全倾注于那一篇秀雅楷书笔画中,而陈世骧对《文赋》的理解则具有别样的生动,"它提供必要的超然,但拒绝超脱,同时又强烈肯定人性的价值,遂能于作品中注入感性的深度和真切"[①]。

同样,陈世骧对于张充和的挚友,同样出自北大的老诗友卞之琳的理解也是别致而生动的:"浮泛于崩石的浪涛间的一只白鸽,它最能感应到其中的怒潮,但却能翩然地舒展如雪的双翼,溷浊不沾。"

---

① 陈世骧:《中国文学的抒情传统》。

张充和手书《文赋》回归贵州

2017 年秋,苏州中国昆曲博物馆举办了"曲终人不散——九如巷张氏昆曲传奇"特展。这场特展委托我负责文字统筹和"大事记"部分组织工作。

在实际参与中,我特别有感于张家人对这次大展的无私支持。尤其是九如巷张家成员,可谓是不遗余力地参与其中,献计献策。

而远在贵州省贵阳市的张宗和小女张以䛃更是向特展贡献了不少实物,包括一些老照片和昆曲手抄谱,此后还捐赠了一些张宗和的昆曲研究手札。这些资料是我从贵阳背回苏州的,并且亲自整理发表过部分内容,可以说都是十分珍贵的史料。在展览期间,张以䛃也多次与昆曲博物馆交流沟通,提供相关的资料。在开幕式结束后,我和妻杜洋去酒店拜访张以䛃,她拿出了很漂亮的蜡染衣服展示给杜洋看,是国外淘到的。其实张以䛃本人就会制作蜡染布,还曾为她四姑张充和制作过贵州蜡染衣服,看上去朴素又不失典雅,我常常看到张充和女士穿着拍照。

在与张以䛃交谈时,我就问她,张充和与张宗和多次在信里提到的一本小册子,即张充和手抄的陆机《文赋》她有没有。她说在信里是看到过,但从来没有见到过。是啊,家里曾遭遇多次劫难,许多珍贵的东西都丢失了。我还记得张以䛃提到过张充和画的一幅梅花图,以前是在家里的,后来也不见了。随后,我拿出了早已准备好的陈世骧译《陆机〈文赋〉》。

这本《陆机〈文赋〉》是我在网上购买的,那时还只是出现了这一本,讨价不菲,但我因为读过张充和与张宗和的信,知道这件物品的珍贵性,于是毫不犹豫地拿下。我的心愿是希望它早一点回归张家。

后来我偶然读到孙康宜教授在张充和去世后表达的一个遗憾:"我未能把充和在1952年(为加州伯克利分校的陈世骧教授)所写的陆机《文赋》书法如期印出,没赶得及亲自交给充和!这是我最大的遗憾!""可惜我几年前编注《古色今香:张充和题字选集》时,尚未得到这幅书法。一直到最近,我才从南京大学卞东波教授那儿得到这个电子版。我打算将它印出,并亲自交给充和,以祝贺她一百零二岁快乐。没想到她先走了。"

这篇文章还提及,在张充和离世后,孙教授把这幅书法放在了社交网络上,几分钟之后,全球各地的学者作家纷纷对这幅难得的书法做出反应。台湾大学的郑毓瑜教授写道:"无比珍贵,联系着两位学者悠远的人文情怀。"作家韩晗则反应道:"精美绝伦。"

张充和的另类著作

　　张充和参与过考古著作论述？这不是传说，是真事。偶然的机会我看到了一本书《商周青铜器与铭文的综合研究》，封面署名中就有"张充和"的名字。那么她到底负责其中的什么门类研究呢？

　　我找到这本出版于1973年的著作，是在台湾出版的内刊类作品，上面说明"'中央研究院'历史语言研究所专刊之六十二"，署名依次为"张光直、李光周、李卉、张充和"。注明"全一册"，厚厚一大本，但是翻遍，全书除序言外只有各种铭文，并无文字说明。细读考古学家张光直的序言可知，此书还有下册，但一直未见出版。张光直开篇即说："学问研究的对象与研究它的学问，在道理上应当是水乳交融合作无间的，在实际上却常常处于扞格相对的地位。所以如此者，是由于二者之主从地位，在学术界中常与现实相颠倒的缘故。学问研究的对象应当是主，而研究它的学问应该是从；研究的范围、方法、轻重，都应随研究的对象的需要而定。但学者们作学问作久了，常误以自己的传习为中心，不知不觉的要求客观的世界跟着这行学问的传统习惯走。"张光直还在其中谈及中国上古史研究存在的问题，即各学科专家缺乏融合，史学、金文学、小学及经学、美术史学、考古学等。"这本书的悬的是很高的：书题里面的'综合'两字有两种意义，一是形制花纹与铭文的综合，二是各学科方法工具的综合。在后一个意义上，这本书是以商周有铭文的青铜器为对象也为主体的，后人研究的结果，只要是对这批资料有启示性，不管它是考古学、金石学，还是美术史学的，都要采用。所看到的问题，只要是与这批铜器有关的，不管它在传统习惯上是属于哪个学科的研究范围，都要追求到底。这个目的，是不是能够充分的达到，则是另一个问题。本卷的作者，都是传统教育下的产物，说得好听些是学有专长，说得老实些是隔行如隔山。"

对于本书的内容分布和作者所属门类，张光直也有细述："本书分上下两卷。卷上除在引言中略述此项研究工作之缘起及一般计划外，全为资料，即四千余件有铭文的商周青铜器的形制、花纹及铭文之描述。下卷为研究结果之叙述，现尚在计划及撰写阶段，希望在近期中可以完成。……本书四个作者的分工如下：李光周经手大部青铜器个器的分类与编号，电脑打卡，并绘制大部插图。李卉协助搜集及整理资料。张充和协助搜集资料并整理十三经里有关器物的词句。其余的由我总其成。"

该书的资料收集与研究开始于1968年3月，先后得到了美国各方面基金会和学术研究会的资助，很多资料则来自北美各公私博物馆，其中还得到了时任哥伦比亚图书馆中文部主任唐德刚先生的帮助。由此可知，张充和在此书中除了资料收集外，还涉及她擅长的古典诗词研究。张光直的序言写于1970年的耶鲁大学，此时张充和已经与先生傅汉思受邀到耶鲁大学执教，傅汉思的汉学研究深入人心,张充和的昆曲则是声声入耳。而张光直夫人李卉就是张充和的昆曲弟子之一,在张充和的家信中曾多次提及与李卉在美国传播昆曲的事迹。

一个流传最广的事例为1968年,张充和带着李卉到哈佛大学表演昆曲。当天演唱的是《思凡》和《游园》,师徒合作,精彩绝伦。曲会结束,观众中的余英时先生即兴赋诗:"一曲《思凡》百感侵,京华旧梦已沉沉。不须更写还乡句,故国如今无此音。"

1968年于国内是一个特殊的年份。余英时跋云:"张充和女士莅康桥演《思凡》《游园》二出,及门高弟李卉饰春香,盖初试也。观后感赋两章并以志盛。一九六八年四月卅日余英时稿。"想必正是出于对张充和词曲修养的欣赏,张光直先生才会力邀夫人之师参与编纂考古类大书吧。不过遥想张充和的童年时代便已经接触了考古学,祖母识修为她聘请的启蒙老师朱谟钦是为吴昌硕的高足,即是当时的考古学者。为了张充和练字需要,朱谟钦跑过不少墓地搜寻"新鲜出炉"的碑帖,而且他本人也会篆刻,说还会修补青铜器。张充和一生铭记师恩,到美国后还特地在女儿的名字里嵌入了"谟"字,以示纪念。

如今,翻读这本发行量极少的《商周青铜器与铭文的综合研究》,看着其中收录曾流行一时的精美铭文,不禁更为想念张充和女士参与的文字叙述部分,从而对于她的学术生涯也产生了更多的大胆联想。

试谈声乐[①]

音乐本是不限于民族的,但又最能表现民族的情绪;器乐部分更是无界限的,尽管言路不通,文化相殊,沟通人与人的情感是没有比它再直接的工具了。声器(乐)与器乐就有不同之处,它倚傍着语言文字,同时也就被限制于语言文字了。语言文字是有界限的,中国文字的组成又大不同于欧西各国,无论是在声韵方面或语调方面都很不同。

"歌永言"这句老话,就是说把语言艺术化,辅助语言表达情感的不足。反过来也就是说,虽唱歌亦不能失其为语言,故声乐的作者必须要首先注重语言文字,而中国的作歌曲者犹应明了中国的语言文字的组成。

做器乐曲同声乐曲最大的不同点是器乐无限制,声乐有限制:一、器乐音域广,在作曲亦可广为应用;声乐就不然了,要顾到歌唱者的嗓子,音域就不能像写器乐曲那样用得广了。二、歌词往往是别人作的,你得费一番功夫去了解别人,也就被限制于别人的意思中了;聪明有学识的作曲家是要深切地了解作歌词的感情与用意,同时不失却自己。

---

① 此文乃张充和写于1946年,署名"素一",原文日期作"一九三六年八月廿日",年份有误。

拉小提琴的张充和(摄于 20 世纪 30 年代初)

这个时代，在中国，一切艺术都在嬗变，音乐更是需要变。如何变？变成什么形态？这廿年中显然仍是个黑暗苦闷时期。追踪历史，中国古代不是没有音乐，是脱了节；为什么脱了节呢？要归之于中国人一贯的无系统无发展的大不在乎精神。在记谱方面，不详细，不科学。不要说我们后人看不懂，当时亦不过略具轮廓，教授者，学习者一切技术纯出于接受衣钵的姿态。理论方面更是虚无飘渺，虽有高深的哲学背景——儒门的中心和平，道家的淡远——却没有一个像样子的科学的整理同发展，所以我们的音乐要想从书本中得到现成的遗产真是件不容易的事。最简便的途径，当然是整个运输洋货，洋货的确是发展得近乎完整。学习者只要不太笨，摆点功夫与时间在上面就可以升堂入室了。可是学出来，学到最高点还是别人的。当然，目前整个危机——这两个字并不用得过分——不仅仅是音乐，艺术，而是整个文化在走极端。一派是抱了十三经来治平天下，一派则完全推翻自己，尽力模仿人家，也就是等于文化缴械了。艺术是民族的灵魂，如今我们的灵魂呢？要不是超时间飞到秦汉以前，就是超地域飞到欧西去了。为什么要如此？无非是：搬古董有高深的哲学理论，说来动人，可以叫人摸不着边际，听来庶几是大有道理。搬洋货可以不卖力的见到成绩。然而目前我们都不需要这些，必得要有一条新路子走，不是古人已走的，也不是洋人正在走的。这新路子是先要检讨我们的历史，测量我们的土地，了解我们的优点同缺点，然后慢慢的开起路来。

定和自小就沉醉于西洋音乐,到了一个时期,忽然感到古今中外的种种不调和,感到时代的烦闷,知道舶来品用起来固然方便,可是国家的经济和前途是将要崩溃了。他似乎在寻找什么,在各个朝代中,在民间,在千头万绪中寻找他所要的材料。五六年来一直傍着一个管弦乐团同一个国乐团。为了作器乐曲,整天寻找各乐器的音色特点与奏法的同异处。为了作声乐曲,他关注民歌,地方剧,昆曲,宗教的赞诵,诗词的吟咏,劳动者的哼呵,小贩的叫卖,饥饿疾病者的呻吟,以及一切大自然的生息——如关怀于一只鸣夜的秋虫,凝神于一只由远而近,再由近而远的啼鹃。在后方,食不饱,衣不周,睡在一个幽暗的大集团的房间里,他能完全忘掉物质生活的一切,整个把精神如一个宗教徒似的寄托于另一理想中,孜孜于吸收,创作。一般人听到他的作品,都说他是天才作家,我却反对,天才的条件应是除去本能外还须加上音乐的好环境,他生长于当今的中国,绝不是"骄子",而是个苦力的音乐家,正在这里不断的垦荒呢。

这次演奏会是他作品中声乐曲的一部分,就这些歌曲而论,的确是在一样样试验他的新路子,例如:《大潜山合唱》同《我要问句话》就富有民歌情绪,民歌特色在以简单浑朴的词句,旋律同节奏来表现出浓厚的情感,表现出时代同地方的背景;在作曲方面,须有深入浅出的修养。《求你晚一点动手》充分表露哥萨克人的浪漫色彩,是作者留心于边疆民歌所得到的效果。《比翼鸟》是纯以西洋作曲技巧来描绘,听此曲时似乎是顽皮淘气的邱比得进入幽翠明媚的仙岛,令人喜爱,却又有点抓不到丝毫现实的抑郁。《德米特里》有掺合中西作曲的技巧,情调怨哀,亲切,令人不忍卒听。其中有不少纯抗战歌曲都偏重在民族情绪同气魄方面,词句或有微嫌八股与不接近艺术处,这些都无关紧要,作曲者都可以补其不足的。

定和现在是到了"不择细流"的时期,我希望他慢一点成功,慢一点定型,拉长吸收的阶段,让中国的新音乐的根芽培养得厚重些。

王道注:1946 年 8 月 22 日,张充和的三弟张定和在上海逸园举行个人作曲作品演奏会,当时上海《大公报》于 8 月 19 日出了一个特刊,音乐界人士为之撰文推介,其中有吴祖光、钱仁康,还有已故著名音乐家黄自的夫人汪颐年女士。张定和为黄自的门生,汪颐年撰文称:"张君定和,为先夫黄自先生及门弟子,昔就读时,每星期必由吴门来沪一次,研究乐理,其酷爱音乐,好学不倦,兹者时隔多年,学乃大成……"

在次日的《大公报》上又出现了沈从文的文章《定和是个音乐迷》,文中提及:"九年前的八月二十一,上海战事正十分激烈。定和担心他的乐谱会丧失,抱了一堆不值钱的物事,由上海回到苏州家中。看看家中那一房子旧书,那几大箱旧画,以及那些老式大皮箱中的世传的珍贵古玩、貂褂狐裘,觉得不拘是什么,都在战争中无意义,存在或遗失,对于他都无多关系。临走时,只是抱了那一捆沉甸甸的旧乐谱,上路向后方跑。苏州,合肥,武汉,一直跑到重庆,知道音乐迷的资格还存在,方才停住放了心。身边除了一堆使个人发迷的乐谱外一无所有,好,那就啃乐谱吧,于是在国立戏剧学校教音乐了。这就是他后来作曲和近十年话剧发生重要关联的原因。过不久,他又离开了剧校,转入重庆中央广播电台,任作曲专员,定期将新作的抒情歌曲,或与战争时事有关的新歌曲,由电台广播。"

可知张定和在战争时期对于音乐的痴迷和发挥。沈从文又写道:"全家飞到上海去,坐在一个大戏院楼厅的柔软舒服的椅子上,和爱中国爱孩子的洋伯伯,同嚼点好吃糖果,参加音乐迷定和三舅舅的作品演奏会。""不意战争当真即用'草草率率'的胜利来结束了,我们且居然由昆明滇池边一个小小村子走出,共同来到热闹万分的上海市,准备参加定和的作品演奏会了。"

抗战胜利,沈从文带着孩子来到繁华之都上海参加亲戚张定和的演奏会,这或许曾是沈从文的一个愿想,也是孩子们的一个梦想。在演奏会现场,则是张家姐弟们总动员,从后来参加演奏会的赵景深文中可知,张家姐妹齐上阵迎接各界来宾,兄弟们则参与演出,有的作词,如张寰和,有的担任小提琴手,如张宁和,文中还对充和的昆曲艺术颇为称赞。

这次特刊的刊头为张充和所题,精雅楷书,笔笔端正,此时充和的书法已经有了很大提高,她自己也很有信心让它们走出来亮相了。这个题字一直藏在史料"深闺",几乎少人提及。定和一向

张充和为三弟张定和作品演奏会特刊题字

对四姐很是欣赏,曾专门做过整理,甚至还练习模仿过。充和不只是为此题字,还专门撰写了一篇音乐随笔《试谈声乐》,文中不只是对声乐和器乐做了系统分析,还对当时中国的音乐现状进行了冷静分析,甚至是批评。可见她对中国音乐的发展的复杂心情,现实不容乐观,但她却是从三弟的身上看到了希望。这是充和为数不多的谈及音乐的论述,她的音乐观或许多少与昆曲有关,但又不仅仅限于传统古音,她希望中国的音乐能够出新,能够走出去。她的论调多少与音乐专业学者有所不同,但她的很多观点又是新颖的,别致的。可是在具体论述方面又与专业音乐家相同,如在同一版面的吴祖光文章《写在演出之前》,吴祖光说张定和,"他尤善于用民谣来充实他作品的内容,中国的民族性是内敛的,一切都含蓄在内里,发出来的声音是婉转的,幽怨的,但是'念去去,千里烟波,暮霭沉沉楚天阔',在哀怨、含蓄里面另有其波澜壮阔的境界,柳永的这两句词最足于说明定和先生的作品"。

这篇音乐论述可见充和的开放观念,当时她并没有去过国外,就连大学都没有读完,但这并不妨碍她对整个音乐趋势的准确把握,尤其是中国音乐,或许这也正是促成她后来去美国坚持以昆曲开路,普及中国古典音乐的开端。这篇文章的署名为"素一",又增加了充和的一个笔名,"素一"典出《齐太祖高皇帝诔》:"迹去繁夛,情归素一。"

张充和在苏州吹笛,为昆曲老师沈传芷伴奏

张充和回国与曲友们拍曲

张充和写书评

　　整理百岁女史张充和早期文章,忽然眼前一亮,原来充和女史早年也写过书评。这篇书评与靳以负责主编的文学刊物《文丛》有些关联。《文丛》的诞生本身颇有些周折,张充和为何会介入其中?

　　1934年,张充和考进北京大学,国文满分,数学零分,被胡适破格录取。在校学习两年不到,因病休学,回苏州养病,在这期间,张充和在苏州家中所办的乐益女中做事。1936年胡适介绍她进入《中央日报》编辑副刊《贡献》。之前充和曾有几篇小文发表在乐益女中内刊上,进入《中央日报》后,她开始练笔,小说、散文、艺术评论,一发不可收,有时一周三四篇。但书评只有一篇,篇目为《〈文丛〉创刊号》,注明为"书评",题目下小字"靳以主编",署名为"杨波"。

　　全文照录如下:

　　　　我还正在做学生时,我们都爱听名教授的课,至于上到二三等教授的课时,教室内寥寥无几的学生,总是必修课的学生在听,绝少旁听生或选课生,但到了学期终了时,看看笔记簿,还是二三等教授的演讲比较有点货色,因为他们自己也正在用心读书:不比已享大名的,他们的肚皮里有货色,能拉杂来敷衍一两个钟头,不要准备,但听来好听,于学生却无甚大益处。

二十六年三月十五日新生纯文艺月刊《文丛》创刊特大号,有张天翼,萧乾的两个中篇小说。有芦焚,端木蕻良等的七个短篇小说。此外有诗,也有散文。是个纯创作月刊。这本刊物中没有头号作家,但文章都是选择过来的。

萧乾的《梦之谷》是写一个离开南方五年的游荡子,回去见到一切,忆到的一切;故事虽没到完结,但已经有个忧愁的影子在眼前摇曳了。他的文章又亲切又活跃,虽然是个忧愁的故事,但人物的性格同感情也仍然在纸上跳动着。

李广田的《山之子》是篇散文,他的文章,笔路恰和萧乾相反,但绝不是死气沉沉,一个是动的,一个是静的。他们的文章代表两个性格。这两篇东西也恰恰代表了他们,萧乾写海,写水波,李广田写山,写山之子。他自己也许就是个山之子(我在这么胡想)。因为他的文章看上去很平淡,也很平坦,但看过后就像一个人坐在石块上,看深邃的山谷中袅起一道浮云,你自己会对这片浮云想起许多事来。那些事也是很平淡然而又深邃的。

这里散文小说都很可观,当然不能每一篇来介绍,不过我要介绍的是这本书,还并不坏,都是班很努力的孩子,虽然不是头等名作家,最可喜的是很纯洁,他们只知要写便写,没有什么摩登习气,是站在京海之间的一个刊物。恕我提起"京""海"两字来,我是个青年读者,只想多读到许多好作品,却不愿作家分派别。两年前不知是谁搅起这个文海波澜，眩得我头昏，我至今尚觉得不快乐。因为许多年青有为的作家，听了会无辜地被这文海的波澜沉默了。

这篇书评发表日期为"1937 年 3 月 19 日"（《中央日报》），而《文丛》第一卷第一号出版日期为"1937 年 3 月 15 日"。此前一年，巴金和靳以创办的《文学月刊》遭禁。于是这一年开春，两人又联手创办了《文丛》，从刊物内容看，品种丰富，诗歌、散文、小说样样都有。而作者队伍，是否如张充和所言"没有头号作家"呢？巴金、萧乾、端木蕻良、张天翼等等，在当时并非名家，要跻身主流，成为各界认识并认可的名家，仍需时日。《文丛》最初定位为"纯创作月刊"，可能注重的就不是名家作品，而是希望提供一些纯粹的文学作品，而且"没有什么摩登习气"，倡导"要写便写"。在这一氛围下，张充和也写了一篇散文刊发在创刊号上，篇目为《黑》，署名为"陆敏"（张充和的母亲姓陆）。《黑》文写的是一个年轻人的随心随想，读来颇有哲理气息。

此文并没有在《中央日报》上出现，应专为《文丛》所写。由此不得不说说靳以与张充和的交往。很多年后在美国，张充和曾对到访的靳以女儿章小东讲述过他们交往的大致[①]，其中谈及靳以

---

① 全文见章小东：《知音—〈归去来辞〉——九十六岁的最后一位民国才女张充和谈靳以》，《书屋》2009 年第 8 期。

墙縫

季如

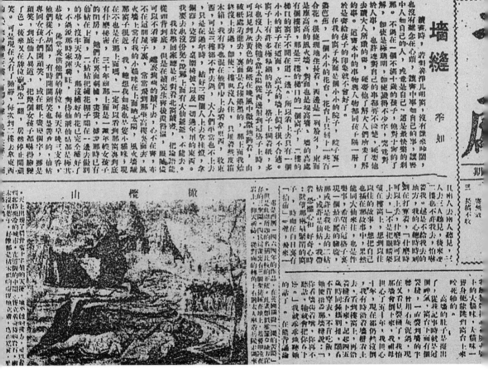

横欖山

在上海常常去听张充和唱昆曲,说有一次"他(靳以)和萧乾一起来看戏,随着'春香'的出场,萧乾哈哈大笑,原来那天没有找到年轻的演员演春香,出场的是个老春香,萧乾就笑起来了"。有一次靳以从上海到苏州来听充和唱《思凡·芦林》,听着听着竟然哭起来了。为此充和专门抄写了此曲,并写下当时的情境。后来,30年代初期,充和到北大读书,靳以也在北平主编《文学季刊》,两人常常一起结伙看戏、聚餐。抗战时,两人还在重庆相见,经常与一众友人聚会,还闹出了不少可爱的插曲。张充和曾送靳以昆曲工尺谱,都是手抄的,还有一幅手抄的杜甫《赠卫八处士》。靳以送给张充和一块古墨,名曰"黑松使者",道光年制。张充和发表在《文丛》第一期的散文作品《黑》,应是靳以有意引导充和往文学路上走的意思。

张充和这篇旧文曾被三弟定和(作曲家)收藏,好友卞之琳也曾收藏并贡献给海外作家木令耆(刘年玲),木将此文编入《海外华人作家散文选》。

　　太阳叫人糊涂;月亮叫人发愁;星子却又懵懂又诡诈,有时对你眨一眨眼,会叫你想起最无聊赖的事来;可是灯光呢,尤其炫得我发慌。我怕见亮光一如我怕见一切使你发闷的一样。我要逃避光明正如他们逃避黑暗一样。

　　……

　　荣伟的阿波罗神刚伸一伸懒腰,射出他的光芒,预备向地

1935 年，靳以、萧乾等与张宗和、张兆和、张充和在北平西山

上散布光亮。黎明使我消失了一个宝物。我有一个梦不见了，待我向记忆去寻找，忽看到远天的云，有白鸽亮着翅膀，记不起丢在哪一片云上。那幻着骆驼的有一点象。"连骆驼也不知自己的生命有几秒钟，它哪里知道你的梦。"哭不出，因为是白天。"发什么呆，谁叫你一颗金鸡纳霜不一口吞？"是的，我爱踟蹰，如今不再有糖味儿了。

暂且引用文章首尾，即可见张充和早期文笔一斑。倒是文中引用的一句诗"魂返枫林春，魂去关山黑"，还流露着张充和文风的古色今香。

2004 年 8 月，由上海社会科学院出版社出版的《文丛》重印本颇引人关注，虽然没有收录张充和（陆敏）的那篇《黑》，但在目录里赫然在目。

而有关张充和当时写作的书评"京派""海派"之争，也在重印本的序言里有了间接答案："而相互对立的京派文学和海派文学，一个是有精美艺术却没有出版渠道，只能在校园课堂、客厅沙龙里自我消遣；另一个是拥有大量出版资源却没有精致的艺术，只是流行着各种浅薄的现代读物。"①

按照陈思和先生的论述，京派校园作家的名字为曹禺、何其芳、卞之琳、李广田、萧乾等，上海的左联与流行文学之间，则有巴金、萧红、陆蠡、丽尼、罗淑、端木蕻良等。《文学季刊》就是在这个

---

① 全文见王晓东编：《文丛》，上海：上海社会科学院出版社，2004 年。

时候诞生的,从文学史的意义上说,它就是为了这样两批文学新生代而创办的。"①《文丛》身处战乱时期,只生存了短暂的两年,周立民先生、王晓东先生评价它:"更为感人的是中国知识分子的坚定和韧性。想那个战火纷飞的时代中,人们连逃命都来不及,而靳以和巴金这些手无寸铁也无金钱的文人们带着稿子、带着校样、带着刊物的纸型在日机的狂轰乱炸中排版、印刷、邮寄,这要付出多大的心血,又需要怎样的'定力'啊!"②

当北平红旗飘起来的时候,靳以曾致信在美的张充和,劝她回来,"这个大场面你不来看也是可惜的。当初我就以为你的决定是失策,可是没有能说,也不好说"。短短的一百多个字,靳以写了三次"回来"。信中靳以还代老友黄裳向充和索字。

这是靳以与张充和的最后一封通信。黄裳是在三十年后才收到张充和书写的《归去来辞》,他怔怔自问:"女书家到底为什么在去国三十年后写下了这么一篇《归去来辞》呢?真不是一叹就能了事的。"

很多年后,靳以的女儿章小东再见到张充和后,倒是给出了一些线索。靳以生前所居常挂一幅印刷品,山水画,上面有几个字,出自陶渊明的《归去来辞》。

1981年7月,卞之琳转来张充和的一封信给黄裳,其中附着靳以最后一封信,"附上靳以信复印件,一叹!"张充和远在夫君故乡德国,她在叹息什么呢?

---

① ② 王晓东编:《文丛》。

　　这一年冬,卞之琳又来一信给黄裳,说他收集了张充和早期文章并在香港刊物上发表:"她(张充和)当年在靳以编的《文丛》第一期上还有一篇《黑》,忘记了署名什么,你如能在上海什么图书馆找到此刊,把这篇短文复制一份寄给我看看,就非常感激了。"

　　黄裳很快找到并手抄了署名为"陆敏"的《黑》。1982 年 6 月,张充和致信黄裳:"前几日,之琳寄来您手抄的《黑》。这个笔名再也想不出如何起的,内容似曾相识,可值不得您家亲为手抄。"信中还提及她在美国看到世界博览会上的中国制造粗糙不堪,甚为纠结:"总之是自己国家的文化,明知可以更好得多,未免失望了。"

　　另外忆起第二故乡苏州:"一九七八年回苏州也有许多杂感,但却写不出一字。"

张充和在北美大学里演唱昆曲（1953—1979） [1]

（1）

1953 年 2 月 24 日，在加州大学妇女俱乐部午餐会上演出《思凡》。

（2）

1953 年 7 月 30 日，在加州奥克兰市米勒学院为配合陈世骧教授中国文化课的讲授，由中国研究所主办，演出《牡丹亭·游园》。表演者：充和；介绍：陈世骧。

注：陈世骧（1912—1971），曾在加州大学讲授中国语文和文学课。

（3）

1954 年 8 月 15 日，在州立旧金山大学新校园小剧场演出《牡丹亭·游园》，为配合陈世骧的中国文化课，由中国研究所和州立大学主办。表演者：杜丽娘——充和，春香——徐樱；笛——李方桂。

---

① 转自《昆剧艺术》创刊号，作者傅汉思，见张允和：《我与昆曲》，天津：百花文艺出版社，2014 年。

注：李方桂教授在华盛顿大学讲授中国文学及语言学，徐樱为其夫人。

（4）

1955 年 4 月 17 日，在芝加哥大学主办为期一周的艺术节上，充和演出《思凡》。笛子先期由充和录音。

（5）

1955 年 4 月 29 日，在加州贝克莱①的马克圣公会，为筹备 1955 年 9 月举行的中国学生会改组基金，由加州中国学生主办，演出《思凡》。

（6）

1957 年 7 月 23 日，在贝克莱加州大学丹尼厅 115 室演出《西厢记·佳期》《牡丹亭·寻梦》《白蛇传·断桥》和《思凡》。由大学中戏剧、文学、音乐委员会主办。由充和个人表演。题为"中国戏曲之舞蹈"（作为"亚洲舞蹈的第二部分"），先期由充和笛子录音。说明——傅汉思。音响装置不够好。

允和注：傅汉思，张充和的夫婿，耶鲁大学东方语言文学研究所所长。

---

① 即伯克利。

20 世纪 50 年代,张充和与傅汉思在美国家中

1954 年,张充和在美国家门前拔草

（7）

1957 年 7 月 30 日,在同上地点重演四个剧目。

（8）

1960 年 4 月 18 日,在加州斯坦福大学为介绍昆曲艺术演出《牡丹亭·学堂》。

（9）

1962 年 5 月 10 日,在马萨诸塞州剑桥哈佛燕京学院礼堂主演《思凡》和《游园》。由哈佛大学音乐系及哈佛燕京学院主办。扮演者:杜丽娘——充和,春香——李卉。介绍:赵如兰。

注:赵如兰为卞学鐄夫人,她是赵元任的长女,在哈佛大学教授中文和音乐。李卉是张光直夫人,她在耶鲁教授中文,并从充和学昆曲。

（10）

1964 年 2 月至 3 月,充和应威斯康星大学亚洲戏剧部主任 A. C. 斯考特(英国人)邀请,用五周时间讲授戏剧艺术,对戏剧班同学讲授《思凡》,并在大学中心演出《思凡》四次(2 月 7、12、14、26 日)。

张充和与曲友孙天申在美国夏威夷合演《牡丹亭》

(11)

1965年春或1964年春,由耶鲁大学海伦·哈特莱学院主办,在该院演出《游园》和《思凡》。扮演者:杜丽娘——充和,春香——钱家骏;笛子——项馨吾;介绍——李意田。

注:钱家骏曾在耶鲁教中文,从充和学昆曲,经常参加充和的昆曲晚会。项馨吾先生是著名业余昆曲爱好者,在纽约工作,特地到纽黑文参加这次演出。现在她已退休,住新泽西州田纳西。李意田过去是耶鲁大学中国文化和中国文学教授,现在俄亥俄州州立哥伦比亚大学。

(12)

1965年2月22日至3月24日,充和又应斯考特邀请,在麦迪逊威斯康星大学教授戏剧艺术课,为时一月。她于1964年和1965年在麦迪逊的大部讲课和演出,均已收入斯考特的著作《中国传统戏剧》第二卷。《思凡》和《十五贯》两剧也由威斯康星大学出版社出版。斯考特在前言中谈到《思凡》时写道:"这出戏是我在威斯康星大学教授戏剧的主要剧目。我相信,这出戏对西方研究的学生是有启发的。因此,我邀请现在美国居住的张充和到我的班上来和我共同工作一个时期。她是这个古老剧种的权威和天才的表演家。这个经验对学生是有益的,他们的一些最有价值的评论可以在这里引用一下。一个学生(W.麦克利亚)写道:'有人会觉得,女演员动作的逼真性就像东方模拟哑剧，但区别是明显的。女演员并不试图模拟实在的东西，就像尤金·奥涅尔的戏剧那样。她也不像西方芭蕾舞那样，幻梦似的避开真实性，也没有西方哑剧的一些严重缺点（缺乏交流及其手段）。她利用手势加强语言和音乐，而不是取代语言和音乐。'有趣的手势，也就是具有巨大戏剧冲击力的方面，有鲜明的舞台价值。观众为精彩的演出所征服，并不是仅仅为了她的华丽、漂亮，而是由于从美学角度上讲是真实的。中国女演员表现出来的巨大魅力，就是对我国演员的一种评判。对比之下，我国演员不由得感到震惊。现在我至少明白，中国戏剧要比我初次接触时所能理解的要好得多。我发现我有一种落后感。在我们自己的剧院中，虽然很少有人能真正了解那些身段动作的丰富含义，但是我们在实践上和演出中也没有足够的训练来充分运用它们。"在同书中斯考特又写道："我很感谢汉思·弗兰克夫人（张充和）的帮助，她的精湛的知识和动人的表演是阐明这一问题的不可缺少的根据。我还要感谢周策纵教授，当我在威斯康星大学时，经常给予帮助和支持。最后，我必须对著名演员俞振飞表示敬意，他是我的朋友，也是顾问。他的精美绝伦的舞台艺术永远留在我记忆中。A. C. 斯考特1964 年 6 月于威斯康星大学。"

　　注：周策纵是威斯康星大学中文教授。

张充和在美国大学校园招收昆曲弟子并一起演出

（13）

1968 年 4 月 19 日，在华盛顿大学演出《游园》。杜丽娘——充和，春香——艾玛。介绍——斯坦利·斯派克和汉思。张一峰从伊利诺伊州乌尔班纳来协助后台工作。

注：斯派克是华盛顿大学中文教授，他在耶鲁大学教中文一直到 1967 年，经常到我家参加充和的昆曲晚会。

允和注：艾玛是汉思、充和的女儿，演出时九岁。

（14）

1968 年 4 月 30 日，在哈佛大学音乐厅派思堂演出《思凡》和《游园》。杜丽娘——充和，春香——李卉。余英时为这次演出赋诗二首（允和有二诗）。

允和注：我仅有一首。

注：余英时自 1966 年在哈佛教中文，1976 年离开哈佛来耶鲁教中国历史，曾率"美国汉学代表团"于 1978 年 10 月访问中国。

（15）

1968 年 5 月 6 日，在耶鲁大学海伦·哈特莱会堂演出《游园》及《思凡》。杜丽娘——充和，春香——李卉；解说——李意田。

观众中有一位叫伊丽娜·玛丽的学生写了一首诗：

　　　　我激动，我惊奇，我感到迷惘，

在西方,我还少什么,我曾这样想。

我们的歌剧我熟悉,

我一向得意洋洋!

现在我知道我的耳朵受了骗,

它不是意大利的咏唱。

我的情绪按捺不住,

我的心弦在振荡。

这曲调只能飘扬在东方,

它流丽悠远,不同凡响。

(16)

1969 年 1 月 28 日,在康涅狄克①学院演出《游园》。杜丽娘——充和,春香——艾玛(十岁);笛子——王定一;舞台监督——李卉;解说——汉思。

王定一为新汉泼州②达特茅斯学院毕业生,今在阿罗荷马州③波尔多工作。

允和注:王定一为许姬传外甥,能演能吹笛。

---

① 即康涅狄格。
② 即新罕布什尔州。
③ 即俄克拉何马州。

（17）

1969 年 2 月 13 日，在普林斯顿大学亚历山大学堂演出《游园》和《惊梦》。杜丽娘——充和，春香——艾玛，柳梦梅——王定一；解说——刘文健、傅汉思。

注：刘文健是普林斯顿大学历史教授。

（18）

1969 年 4 月 19 日，在米涅沙塔大学纽曼会堂演出《思凡》和《游园》。杜丽娘——充和，春香——艾玛；解说——理查·马特和汉思。

注：理查·马特，河北保定人，为米涅沙塔大学语言文学教授。

（19）

1970 年 3 月底，在加州大学演出《思凡》和《游园》。杜丽娘——充和，春香——艾玛；解说——奥倍林学院达尔·约翰逊教授。

这次演出正值"中国演唱文学研究会"举行年会（为美国学者组织，总部设在康奈尔大学）。

（20）

1970 年 4 月 24 日，在乔治·华盛顿大学中心剧场演出《游园》和《思凡》。由华盛顿大学及大学舞蹈系联合举办。杜丽娘——充和,春香——艾玛;解说——汉思。

（21）

1971 年 1 月 23 日,在康涅狄克耶鲁大学国际学生中心,演出《邯郸梦·扫花》和《游园》。何仙姑——张元和,杜丽娘——充和,春香——艾玛。艾玛正感冒,演出仍良好。艾玛时年十二岁。

（22）

1971 年 2 月 27 日,同上地点演出《游园》,国际学生中心主办。杜丽娘——充和,春香——李卉;笛——王定一;后台监督——张元和。

（23）

1972 年 10 月 24 日,在州立纽约大学博物馆举行,是朝鲜一位音乐家 Sur 先生安排的,演出《扫花》和《游园》。何仙姑——张元和,杜丽娘——充和,春香——李卉;笛——王定一、艾玛。

（24）

1973 年 2 月 16 日,在康州威斯兰大学①演出《扫花》和《惊梦》。由威斯兰大学音乐系及威斯兰亚洲学会主办。何仙姑——艾玛,杜丽娘——充和,春香——徐樱,柳梦梅——张元和;鼓

①　即维思大学(Wesleyan University)。

板——陈富烟(《扫花》《惊梦》)和王定一(《游园》);笛——李方桂(《扫花》《游园》《惊梦》)、王定一(《扫花》《惊梦》)和陈富烟(《游园》);解说——汉思。

注:陈富烟是威斯兰大学民族音乐学家。

(25)

1973年4月29日,在陆特岛私立勃龙大学李斯特大厅演出《西厢记·佳期》和《思凡》。由勃龙大学主办。张君瑞——张元和,杜丽娘——充和,春香——艾玛;解说——汉思和黄琼璠,由黄作剧目介绍。

注:黄琼璠是勃龙大学民族音乐系毕业生,现在伊利诺伊大学任教。

(26)

1974年3月6日,在耶鲁大学达文堡学院演出《游园》。杜丽娘——充和,春香——李卉;笛——陈富烟和艾玛,鼓——张元和;解说——汉思。

(27)

1974年3月24日,在加拿大托伦多大学①清唱《长生殿·小宴》,由该大学史清照先生解说。

———————————

① 即多伦多大学。

（28）

1974 年 4 月 9 日，在康州私立纽黑文大学演出《游园》和《惊梦》。杜丽娘——张元和，春香——充和，柳梦梅——陈富烟；演出主持和讲解——陈富烟。另有五位美国学生唱做《咏花》。

（29）

1974 年 7 月 15 日，在私立密特勃兰大学演出《断桥》和《游园》，由该大学中国研究所主办。白蛇——陈慰萍，青蛇——李卉，杜丽娘——充和，春香——张元和。

注：陈慰萍在密特勃兰大学教中文，又曾在耶鲁大学教中文，并从充和学昆曲。

（30）

1975 年 4 月 4 日在耶鲁大学荷赛会堂演出《学堂》和《游园》。由雅礼协会主办（该会成立于 1901 年，为半独立的群众组织）。陈最良——宣立敦，杜丽娘——充和，春香——李卉；笛——陈富烟和艾玛，鼓板——汉思；后台监督——张元和和陈安娜。

允和注：陈安娜是北京昆曲社海外曲友，她曾参加 1982 年苏州两省一市昆曲会演，并撰文在香港《抖擞》杂志谈苏州会演。

注：宣立敦为耶鲁大学中国文学副教授，现在洛杉矶加州大学教中国文学，宣曾在 1975 年随福特总统访问中国，他专攻中国小说与戏剧，从元和、充和学习昆曲。陈安娜（吴章铨夫人）是中国

音乐戏剧业余爱好者,她从充和学昆曲,吴章铨先生在联合国秘书处任职。

（31）

1978 年 4 月 21 日,在纽约蒙诺社区大学演出《思凡》和《游园》,由汉思介绍。

（32）

1979 年 4 月 7 日,在州立伊利诺伊大学音乐厅演出《思凡》,由伊利诺伊大学音乐系主办。当时正举行民族音乐会议。充和参加演出,艾玛吹笛（她刚从依文斯顿[①]回来参加演出,她是西北大学学生）。在此期间,充和亦参加民族音乐讨论会,并为学生讲课,又演出《思凡》一次。

允和注:上面是我的四妹张充和廿六年中在北美洲二十三个大学里演出、演讲昆曲的情况,是由她的夫婿傅汉思教授日记中摘录的。我请北京昆曲研习社曲友徐书城、李小蒸同志翻译出来。……1980 年以后的没有来得及收集在内,这四年中最重要的活动是参加一次《金瓶梅》曲子的演唱,由张充和演唱,其中没有谱,曲是由(定)和谱的,由陈安娜吹笛。

---

① 即埃文斯顿。

张充和的《看戏》观后感

　　最爱在台下看别人在台上做戏，无论什么戏都喜欢看，从生旦到付丑，门门角色都高兴看。生旦是宋元的工笔仕女，付丑是当代的漫画。漫画所抓住的一点也正是小花面所要抓住的一点，我要看丑角戏也正因它并不纯是教人开心，亦有讽刺与酸辛，动人处不下其他各门角色。

　　我常想付丑为什么大半是扮坏人。也许大大的坏人倒是个漂亮人？佛教中把如来世尊以及大阿罗汉都描写成最美最庄严的，画像塑像亦是观音如来都十分伟丽，地狱诸魔鬼则描写十分丑恶，刻画得非常可怕，佛度众生，当以庄严像使众生生欢喜心，由欢喜心得信仰心，由信仰心得修炼心，由修炼心则能离苦海、登彼岸了。众生无一不爱美，孔雀儿见穿漂亮衣服的则展翅开屏尾，尚且喜跃不已。在中国的旧戏中，要人们生欢喜心的都是美丽的、庄严的，要人们生厌恶心的都是丑恶不堪的，其救世的方法亦如我佛世尊。

　　不过有人看戏被感动，不是在扮相而在做戏的艺术上，像这样的众生，我佛最不易于搭救，因为他已明白整个的戏，了解每个角色的分配，如果丑角错开了脸，他一定说，不应该如此，如果坏人做得不够坏，他一定不满意。如果他会做戏的话,他做到丑角,一定会抓住最坏的一点去做,因为丑角的本分,最坏的一点就是他最好的一点。这种人,因为戏看多了,不为做人的好坏所动,只在做戏的艺术上设想,戏对于这种人的做人只是毫无帮助的,因为他懂得的太多,不能同台上的感情打成一片。一个乡下卖油的歇下担子看戏,看到曹操逼宫,举起扁担上台把曹操打死了。我不曾读过法律,不懂这应该如何处置他。但我知道他一定戏看的不多,才会做出像这种蠢事(社会把这类人都放在"愚蠢司"里)来。但是我佛正需要像这类蠢众生,戏剧家也需要这类蠢观众,否则,戏可以不唱了。

　　看世事看多了,亦如看戏看多了一样,只知道看做人的艺术,只知道应该如何涂上生旦的脂粉,唱着付丑的戏,如何开着包公的黑脸唱着曹操的戏,如何把台步走得庄严美丽,如何把局面应付得周转,可是在一个戏剧家他会明白的,在一个懂得比你更多的人他也会懂得的,只是一班最可爱的卖油者,却让你糊涂住了,我佛对众生,不该做如是观。

张充和这篇《看戏》发表在《中央日报》的副刊《贡献》上,日期为 1937 年 2 月 11 日,署名是"如旋"。

　　两年前整理《小园即事》时便收集到这篇《看戏》,当时一读就感觉是张充和女士的文字,只是限于篇幅,因而和另外一批小文章留下作为下本书的史料。但是在平时的读书中常常会想起这篇佚文,回想文中的哲理和细节。如偶然读到一本地方史志类的《松陵

旧事》，其中有一篇《牺牲在舞台上的烈士》(作者李阿华)，说的是
1950 年的事，部队文工团在当地为一个起义的国民党兵团演出。
演出的剧目《赤叶河》，说当时与《白毛女》齐名，讲述的是旧社会恶
霸地主霸占乡民妻子的故事，这个戏剧有说有唱，感染力很强。当
男主角演到地主把民女拖进草屋进行污辱时，民女丈夫举起石头
怒砸地主，地主拔枪对准了对方……这时台下有人开始高喊口号
"打倒万恶地主"，接着枪响了，倒下去的却是地主，准确地说是男
演员。"枪声来自台下，台下一个解放军战士开枪。……当那位战
士明白自己打中的不是真正的敌人，而是自己文工团的同志，他扔
掉枪悲呼一声，晕倒在地。"牺牲的男演员后来被追认为烈士。据
说部队后来下了死命令，战士看演出不许携带武器。由此想到了
张充和《看戏》里写道："一个乡下卖油的歇下担子看戏，看到曹操
逼宫，举起扁担上台把曹操打死了。"当时读读可能会以为是个夸
张的事例，不是有句俗话说"读《三国》落泪——替古人伤心"吗，说
的是人与戏的关系。时间来到了近前却发现，这样的事情竟然真
实地发生了，人生如戏，还是戏如人生？这个千百年来困惑人心的
辩证问题曾让张充和思考良多，但她似乎也没有给出答案，只是做
糊涂状说："我佛对众生，不该做如是观。"

张充和为曲友著作作序①

　　两年前我曾读了谢锡恩先生的《中国戏曲的艺术形式》手稿。现在该书即将出版，我感到非我语言所可表达的兴奋。但是编者出难题，要我写几句话。我不过喜欢读读古典戏曲，爱听昆曲，爱看昆曲的上演，间或也演几折昆曲，自觉连一个业余演员也谈不上，当初爱好，更是知其然而不知其所以然，何以有资格、有知识来说话呢？然而心之所以爱者同，也不得不在此说几句外行话。

　　此书写作的主旨在前言、编者的话及后语中已详细说明，兹不多赘。

　　锡恩先生是精通中外音乐史与理论的。他早年研究西洋音乐，又善奏小提琴。他用科学方法来分析中国音乐的构造，尤其在古典剧乐方面。古典剧乐方面，以昆曲工尺谱留下的最完备，也是最多。他细心在其中探本求源，总观前任著作，辨以是非，然后进而研究古典表演艺术的全面。据锡恩先生说，此书本是几篇论文，在1947年写的，沉默在箧中三十余年，又幸而不在"劫数"，现经陈安娜女士编排成书，真是件大喜事。

------

　　① 此文是张充和于1985年2月1日为《中国戏曲的艺术形式》一书作的序言，书为谢锡恩撰、陈安娜编，由香港中国语文学会于1986年3月出版。

謝錫恩撰　陳安娜編

中國戲曲的藝術形式

張充和署

张充和为曲友《中国戏曲的艺术形式》题写书名

锡恩先生以实事求是的态度,严谨地选择材料,深入浅出地写成此书。音乐上的问题,戏曲发展的根源,古人搞不清楚,或搞清楚而解释不清楚,或故神其事,因此后人即以为牢不可破的定律,此书一一为之详述,详辨。

目前明清传奇适宜于舞台演出的还很不少。就是说古典戏曲仍然活生生和观众见面。但全盛时代是过去了,要发展不是件容易的工作。不是古典戏曲价值上有问题,而是观众的生活环境时时在变迁,兴趣时时在转移。如以不变御万变,是违反自然的原则。但如何变呢?戏曲不能离开观众。但到底是戏曲引导观众,还是观众引导戏曲?再说艺术必载道,那么横五洲,竖千载,都不是各行其道么?所以我说此书发人深省即在此。

我同锡恩先生在一九四七年,曾共同整理过昆曲。一九四八年与其夫人周铨庵女士在艺术学院同台演唱昆曲。她演《长生殿》中《小宴》,我演《牡丹亭》中《学堂》《游园》,这是我去国前最后演出的一台戏,已成不可磨灭的记忆。事隔三十余年,见到他们志同道合地为昆曲的前途在工作:一个辛勤地在教学生演出的艺术,一个在研究演出艺术,希望能保存昆曲优秀的形式再进一步发展。这样表里相应,实践与理论相合,是不可多得的。而我虽是个爱好者,却停顿在一九四八年,毫无进步,更无成绩,能不愧然!

沧桑飞鸿，谈美依旧

——浅读沈从文致张充和的几封信

1948 年年底，张充和从三姐夫沈从文家出嫁，与德裔美籍汉学家傅汉思成婚，后由于内战原因于 1949 年 1 月从北平匆匆撤离赴美，临走时只是打了个电话给三姐兆和，此后便天各一方。直到三十年后，张充和与傅汉思回到北京，与沈从文、张兆和相聚。此后到 1980 年，在傅汉思与张充和的多方协助下，沈从文与张兆和得以赴美讲学，并与张充和夫妇在美国团聚相处了一段时间。前后两个阶段，沈从文与张充和曾有过多次通信。在中美尚未建交并且国内的运动持续不断的情况下，沈从文曾一度提醒大家不要致信在海外的充和。但在 20 世纪 60 年代他还是有信发往大洋彼岸，互致问候、传达家庭境况等，现在回头去看，这些通信内容更是显得弥足珍贵。而在这些信文中，除了故人清风，更多的是对文化艺术的交流和探讨，浅读之下，颇有回味。

动荡变革，旧人新事多

读沈从文早期写给张充和的信件可见，其中谈及的多是他们共同的朋友们在新中国成立后的现状和变化。如 1962 年 4 月 11

日，沈从文在复张充和信时提及："四月十日得到你的来信，一小时前还和阜西谈到你，早上则和孟实谈到你，得知有公子二人，为你和汉思道贺。我们是在怀仁堂大花园里见到的，我们都好，只是多是年青的已过六十，年长的且过七十，照老话说即古稀之年了。但是你们料想不到即是大家都似乎还相当年青，即形象上也还比在云南那些年头为好！主要原因还是国家真正独立站起来了！"

文中提到的阜西为古琴家查阜西，早在苏州研修琴艺时便与张家来往颇多。抗战时期，查阜西身为航空公司经理在云南办理公务时，常与沈从文、张充和等来往，多次拍曲探讨古典音乐，留下了不少诗词和旧照。后来张充和结婚时，查阜西送的贺礼就是一张宋琴"寒泉"，可谓至贵。张充和在新婚后离开北平不久即致信三姐兆和，说有几包重要的东西落在了机场，因为当时她执意要将保姆小侉奶奶带上飞机。留下的东西中包括祖父传下来的文房书籍，她想请查阜西帮忙找找下落，当然后来也就没有了下落。到美国很多年后，张充和还与查阜西保持着联系，互致问候。

文中提到的"孟实"是美学家朱光潜，与张充和是安徽同乡。朱光潜早期在北京大学任教时，张充和曾慕名去旁听，此后到了昆明时，两人也有过交集。抗战胜利后，沈从文与朱光潜回到北平任教，常结伴去琉璃厂买古董，有时还拉上张充和，因为张充和口袋里有余钱，关键时刻两位太太问起来还能打马虎眼说是充和买的。再后来傅汉思到北京大学任教，正好与朱光潜在同一个系，很是熟识。1979年朱光潜曾与傅汉思、张充和通信："承赐信和托书店寄

(左起)张兆和、沈从文、张宗和、张充和在北京大学湖面溜冰(张以䍿/供图)

来的《中国诗歌三千年》都早已收到，因为从十月起就在整天开会（民主党派会和文代会），任务很多，几乎找不到'浮生半日闲'。从来信中知道近况佳快，都在做有意义的工作，孩子也渐长大了，受到很好的教育，至为欣慰！我今年已八十三岁了，虽无大病，但身体衰弱，特别健忘，工作效率也特低。今年写了一本七万字的《谈美书简》，用通俗语言谈一些美学问题（像解放前写的《谈美》），但用的是新观点，将来出版时必寄上求教。……现在交通方便，希望您两位和孩子常回到北京来。字画又盛行了，充和回来一定不感到寂寞，展览会经常开。文艺界还有不少老朋友。旅游事业在发展，物质生活也会渐渐改进。常碰见从文，他仍健旺，孳孳不辍地做他的工艺品研究。"（1979 年 11 月 30 日）文中所提的《中国诗歌三千年》应该是印第安纳大学出版社于 1975 年出版的《葵晔集：三千年中国诗歌》。

沈从文信中提及的"怀仁堂"在此处颇有意蕴，那是中南海的一处建筑，知识分子们在此与重要领导见面并座谈，应该说是一时之盛，因此沈从文说虽然他们都是六七十岁的老人了，但看起来并不算老，甚至不逊色于当年在云南时，因为希望国家的新建，因为良好政局的开端。因此沈从文也自觉身体大好，"我今年已六十还能写这个——或更细小的字，其余可知"。沈从文与张充和的通信自然少不了探讨书法和艺术，"日本新印《书道全集》的确还好，惟到清代糊糊涂涂不成个东西了。一般说来明代的字还是较有性格的。写草字即或不甚合法，也多新意"。沈从文所言的是日本出版的中国书帖，张充和练习书法，苦于没有资料，常托人从香港代购日本出版的这类书籍，后来还曾与傅汉思去过日本京都淘旧书。而沈从文则正留心中国服饰的研究，对于古代美术图册的需求让他想到了张充和，"北京荣宝斋木刻讲究的为《夜宴图》《拈花图》，闻将六百元一幅。事实上影印已极可观！闻美国有将张萱《捣练图》用彩色印，如有又不贵，可为找一幅来，我们将复制。此间已复制数卷，惟敷色不对，精而不古为憾事！"

张充和大弟张宗和一直保存着张充和从美国寄来的厚厚两盒美国博物馆出版的各类美术卡片，东西方的美术作品都有，其中就有这幅《捣练图》。在中国印刷尚不发达的年代，可谓精美，想必当时张充和应该给沈从文邮寄了此类卡片。当然，从张宗和与张充和的信中可见，沈从文应该也曾给张充和邮寄过国内特有的木刻水印作品。

"这里日昨参加了个晚会，真可说是历史上少有热闹好节目，除了言慧珠唱父腔，一小胖女孩唱陈腔，一李姓女的唱梅腔……都十分好，末了是马连良和俞振飞合唱一戏，俞装一陈姓穷公子，被叔父打死故事，以六十高龄，还连打带跌，十分俨然，据说是多年未演好戏！此外郭兰英、黄虹等地方曲子也好得出奇惊人。北京近年来好戏好曲子真多，不是你们在国外所能想象，事实上如你在此，大致也必然是一个热闹角儿！"

沈从文显然知道张充和对于昆曲的热爱，她到国外后几乎从未停止过对国内曲界的关注，沈从文一再详述国内著名演员的发展状况,尤其是与张充和熟识的几位名角,历史变迁,他们的戏路似乎并未受到影响。早在 1939 年 3 月 2 日,沈从文在昆明致信沈云麓时就提及:"昆曲当行,应以张四小姐为首屈一指,惜知音者少,有英雄无用武之感。"沈从文对昆曲和昆曲界并不生疏,他的喟叹也不无道理。抗战后回到北平,张充和常与张宗和、靳以去听戏捧角,为此没少受沈从文的"训诫",有一次沈从文把他们看戏的钱都借来给了前来借钱的文学青年。但沈从文到底是了解张充和对于昆曲的传承的,在当时大家希望张充和回国的呼声下,沈从文应该是倾向于她回国发展的。

1965 年 4 月 8 日,沈从文在回复张充和信中提及:"未写信问候已经年,大小生活一切常在念中。前有法寄来毛巾等物,早已收到,谢谢你们好意!国内日用品一切应有尽有,而且十分价廉物美,食物和奶制品均经常送到住处推销。此后万望不必远道费神寄东西来。(近年来我们千百种食物罐头还送到世界各处找主顾!葡萄水果多到不易安排。)孩子们相片和近信也已收到,相照得很好,大家传观,高兴之至。还盼望常寄些来,便于想象你们一家如何过日子。"

张充和与傅汉思初到美国时,经济十分困难,工作不固定,居无定所,后来又有了孩子的负担。到了 20 世纪 60 年代,两人去了耶鲁大学任教后,才算是经济好转。为此张充和常常寄东西给国内的亲友,食品、用品,尤其是国内还比较缺乏的生活用品,她总是希望亲人能和她一起享用社会发展带来的便利。她在信中曾历数在美国看电视了解的医学新知,以及科技产品如冰箱、洗碗机等带来的便利。

在信中,在非常年份,沈从文更多的是转述老朋友们的现状,讲述他们的事业和成就,"过去熟人中经常同在一处学习的,有查阜西,在编古琴谱总录,据闻出齐时,将有《辞源》数倍之多。杨荫浏仍主持音研工作,出有《音乐史纲》。相关材料之丰富也堪惊人。有个陈列室在郊外,相当出色。关于古代乐舞图像,多是我为找寻请人加工绘出的,曾印行了套小图片"。音乐教育家杨荫浏在昆明避难时常加入张充和的云龙庵雅集,后来到了重庆他们又是教育部音乐教育委员会的同事,张充和对他的最大印象就是这位音乐教授用算盘计算节拍,他把张充和唱的昆曲,从工尺谱翻译成五线谱,还印出来给音乐学院做教材用,并注明"张充和的唱法"。沈从文所述《中国音乐史纲》应为《中国古代音乐史稿》,是杨荫浏历时三十年的代表著作。其中相关配图应该有沈从文相助。杨荫浏在北京郊外建立了一个音乐史料陈列室,当时参观者很多。

"熟人中住处极近却少往来有老丁,住得较近经常见面有老金,都年过七十,均各健康无恙。卞诗人亦已白发苍苍,其实年纪并不比三姐大,有女儿一已入小学,不闻再作诗。大家夏天多可到海边或庐山黄山避暑廿卅天,惟工作不同,出外或在京,均少见面机会,一年半载他偶尔一来,谈的还不外是他个人'工作'或'失眠'一类事件,说完即走,自我中心抒情而已。蒋恩钿已成栽玫瑰专家,公园中百十种不同玫瑰,多为她培养成功。方令孺往西湖灵隐附近乡下'纳福',也快七十了,尚多童心。"

（左起）张充和、张兆和、沈从文（萧乾/摄影　李辉/供图）

此中提及"老丁"应为剧作家丁西林，"老金"为"金岳霖"，张充和对他的印象是他在跑警报时还不忘记自己养的"宠物"大公鸡。"卞诗人"即卞之琳，可谓与张充和是老熟人，有关他们的故事流传得太多了，但从老朋友沈从文眼中来看，则更多了一些意蕴。沈从文很是善于抓住"诗人的情绪"，"他"的过早的白发苍苍，"他"的"失眠"和"自我抒情"，读起来总令人有一些意犹未尽。

文学家方令孺与张充和是同乡，早期在美国留学，在重庆时两人曾有来往。张充和赴美初期，方令孺曾历数美国社会的种种不堪之处，号召张充和回国。

"好字好画印了许多，各样都有，大小都有，只是一般多供不应求，多得用预约方式，才能得到。普及本较易得，小明信片彩色成套的各种图片，也有印得极好的，且容易得到。你要什么，只管告给我们。上次寄的彩印宋画，已有百多种，尚容易找到。若欢喜，即可为再寄些来。邮票品种也多。

"汉思近十年想必有了不少著作，可惜在这里不易见到。其实你若在家事不太忙情形下，也可以放手大胆写点中国戏剧史话一类东西，或者用故事体写写抗战八年①云南四川乱离生活，说不定还会得到意外成功！"

此时，傅汉思已经出版了《孟浩然传》《中国王朝史译文目录（曹魏至五代）》《唐代文人：一部综合传记》等英文著作，沈从文无法看到。张充和则把更多的时间用在书法和昆曲上，有时候画画。

---

① 指抗战全面爆发后至结束这八年。——编者注

她对国内文化的热衷应该是思乡的一种,闲暇时间还会写写回忆录和曲人曲事文章,沈从文显然对她的文学水平是熟知的,因此鼓励她继续写下去。

1965年沈从文与张充和的通信是断断续续的,这年7月7日沈从文致信张充和:"不得信息又已半年,料想你们一家日子过得很好,汉思研究工作也日有进展,孩子们且必日益在长大中,又乖又淘气!很想为他们写点小东西来,可不知什么比较对他们有意思!国内事情想必经常会由港出海的熟人能谈起二三,报刊上也会说及些些,一般说来,日本新闻报导可能会具体些,因为邻近来往人多。"

有时候一年,有时候半年,中美之间的通信常常是不顺畅的,张充和与张宗和的来往信件中就提到信丢了,收到得很晚,总之是带着很多的不确定性。而且为了防止拆信检查,张宗和主动和四姐说我们不担心,因为谈的都是家事,不涉及政治。沈从文写给充和的信中也多是这类内容:

上次你来信说新邮票好,试先为寄十二种来,若收得到,且觉得还有趣味,盼告知一下,那一类特别引起你家中大小兴趣,当可继续寄些来。(还有各种成份成套的,过了时便不易得到。)这些小差事和找唱片一样,小龙懂门道,一会会即可解决,不怎么费事的。文物明信片也发行了几十套,以故宫、历博、申博、敦煌的艺术品较好,要那一些也盼望告知。又较大(径尺大）彩印宋元画、陶、铜文物，成份的贵，单张即十分贱。如上次寄的画，有需要，还可找几十种来，不费事的。此外新印旧书，分门别类便更多了。又有长卷字画，如《朝元仙仗图》《赵子固水仙》《上河图》，多只几元钱一份，印得还好。碑帖墨迹也印了不少，因为提倡墨笔字，只是在展览会时，字写得像个样子的，似不怎么多，见意而已。还有日本专家来展出，八九十岁人，草字无体法，见意而已。好坏标准今昔不同，因此真会写字的，倒不常写。所谓书家也并不多了。我久已不写寸大以上字，只是日日抄写，还用毛笔，所谓"司书"字是也，倒还合实用。

……

那年那月能请你们"全家福"到颐和园听鹂馆试吃一顿便饭，再让小孩各带个大沙田柚子奔上山顶，看看新的园内外景物，才真有趣！我觉得这一天不久就会来到的。这个园子每年都有万千来自世界各个角落的客人和万千归国华侨，接受招待。

汉思近十年教书研究成绩都很好，有什么研究专著涉及东方文化史方面的，我们虽不懂行，也亟想知道名目和内容大略。

信中"小龙"即沈家大公子沈龙朱，他曾撰文称早年看四姨在家里画工笔画，青的红的绿的山水人物很多，说那时他也不懂，就是觉得好看。沈龙朱后来业余时也常画画，尤其是人物类，不说栩栩如生,也是非常有特质,很能抓到人物的神,令人过目难忘。当年他为四姨寄了很多美术类杂件,一定让充和女士在海外看得有滋有味。沈从文则惦记着什么时候能请傅汉思、张充和一家再回到颐和园吃一顿饭,那时候小龙朱曾是他们的采买通讯员,听鹂馆是皇家园林里的一个老字号饭店,历经三个朝代,新中国成立后国家领导人曾在此宴请来访的外国元首。那时候华侨回国也是一个现象,1965 年 7 月,曾任中华民国代总统的李宗仁和他的夫人从美国回到中国,国家领导人在接见时指出,欢迎海外归来的人,要以礼相待。

1973 年 6 月 10 日沈从文在回复张宗和时提到张充和回国事宜:"四姐回来事,不得消息。因为想回来的人多。前不久,有一联大学生许芥昱,已在加利福尼亚大学教中文,来看我时,即说及有等候一年才获签证的。他认得四妹,说多才多艺。"

1974 年夏沈从文致张宗和时又说:"对四姐事,望从经验教训出发,一切以谨慎小心为是。因为外信一律在检查中,新的条例她是属于外国人的。在多变社会发展中,没有必要即不通信或少通信为得计。非写不可,也得有分寸,不宜说的不说,可以省事。……我和三姊均已多年不和她通信。"

非常时期,非常语境。作为亲人,沈从文显然更期望两家人早日在国内团聚,再续颐和园的旧日情景。只是张充和多次申请回国未获得批准,直到 1978 年她才意外接到批准通知,当时她的大弟和二弟已经相继去世,让她很是伤心。

风暴远去,旧痕难免

看到一张老照片,1978 年夏,张充和在离开北京三十年后首次回国,在北京与部分亲友合影。照片中有人还为张充和献上了一束花,张充和的旁边就是张兆和和沈从文。

白谦慎先生回忆文章称:"1978 年她(张充和)回国时,曾在琉璃厂买过一批笔,觉得很好,常跟我说起,希望我能找到那家笔庄,再为她买些笔。但我知道,很难找到了。"

而张充和再回到苏州后,张家的私立学校没有了,张家真正的老房子只剩下了几间,而小院北面的一排白色小平房,则是张充和回国前夕,当地政府及时新建的。张充和回到老宅与各地家人团聚,因为地方有限,所以就是男的和男的住,女的和女的住,有时候还要打地铺。但是张充和却非常开心,就像是再回到三十年前的时光,尽管很多东西都已经发生了很大变化。

那一年她回美国后,10 月 3 日沈从文在北京致信张充和:

这次你回来,虽分别近卅年,你的体力、情绪以至性格,大都还和出国时变化不多,我们都十分高兴。只可惜在北京时间过短,无从多陪你各处走走。这里孩子们都不仅已长大成人,即第三代也快在长成中。经过这卅年人事风风雨雨变化中,这里诸亲友好,却大都还能较正常的活下来,不出意外,也就可以说是够幸运了。因为在这种倏然而至无定向的人事风雨中，骤然成为古人的，实以若干万计。也有的升天入渊，在数年间翻覆，不仅出人意外，也出于他本人意外的。比较上说，我们日子过的实相当平凡简单。且在许多倏忽来去的事变中，大都如蒙在鼓中，近于绝对无知状态，因此也就反而日子过得平安。

……

三姐是七一年夏天和我一道去汉水上游丹江，在一个打石头的山沟前，和"白头宫女"曹安和等一道。过了个年，我先回来，半年后她才回来的。我能维持到现在，表面上还不太衰老，记忆力理解力都还过得去，主要是较注意饮食，不大关心个人得失。因此心脏动脉虽粥样硬化了廿年，至今还不见病况进展，眼睛除高度近视外，还无白内障或青光眼衰退现象。最近血压且回复到接近正常状态。三姐太不相信营养，经济上又还许可吃得再好一些，孩子们可担心处也不多了，只要肯吃得好些，是会很快好转的。这件事望你经常来信提醒，会对她有帮助。

这三十年里，人类历史所少有的风雨，我们都平平安安度过来了，在最糟糕的情形下，不仅支持过来了，我还能就新的本业，做了一大堆零星事情，都是属于物质文化史中的冷门空白点。虽然所有的书全毁了，材料全散失了，许多可做的工作，都已经无可希望一一完成它，但你这次看到的情形，应当为我们放心才合理。因为若不出新的意外，估计至少还可以作点事情，对后人大致有益。

……

至于放弃了写作，当然可惜，为之惋惜者大有其人。过去一时不仅在国外译我作品的日人松枝茂夫教授，给我信里就提到，即在国内，一些搞对外翻译朋友，也不少人怀着同样心情，只是怕犯忌讳，从不敢提及，近来才有人比较公平的提提。可是我自己却早即料到，会有这一天的。事实上五三年毛主席和周恩来接见我时，就充满好意劝我，"体力好转时再写几年小说"。我并没有忘掉这份好意。但是古人说"破甑不顾"，书既很早就全烧掉了，这一行又有的是能人，我这人除了用笔，一到什么场面上，就什么话也不会说，照俗话说即始终"拿不上台盘的真正乡下人"。在新的社会习气下，求适应客观要求，说改造，实在不容易。所以倒是放弃空头作家虚名，能就工作范围内，实事求是一些，把目标放到"为人民服务"上，或许可望少出意外事故，而多少做出点比较持久有用事情。就这卅年学习经验看来，国家事实千头万绪，个人能力实有限，个人取舍还是对的，或比较对的。"做公民"就是一切重在尽责，认真点说，似乎比做官或做文化官还难一些。因为越学越近于无知，越深入且越加明白工作近于开荒，会感到孤独寂寞。理解的人也越少，而责任且尽不完。

从这段信文可见，沈从文更为真实地汇报了现实情况，而不像之前那样的积极、乐观。风暴已经过去了,但毕竟大风大雨在他们身上留下了很多东西,这是磨灭不了的,可堪欣慰的是总算活了下来,尽管是拖着病体,但还可以做事,做点自己喜欢的事,这也是值得欣慰的。只是真正的写作,却是不大可能了,不仅旁人都在为之惋惜叹息,对于当事人来说又何尝不会叹惋呢?

1950 年,沈从文因创作受到打击曾寻短见。为此,张宗和致信在美国的四姐充和希望她劝劝沈二哥,"我想你们应该写信给从文,启发他一下,四姐来的信都是很进步的,你们说他会要相信的,我们要拉他起来……"(1953 年 3 月 3 日)

对于沈从文遭受的创作以及精神打击,作为亲友成员之一,张充和可能更能有所理解,为此沈从文也愿意将相关心结告知四妹充和,而充和在后来回忆文章中也是精准地点出了沈从文的前后写作变化。

1978 年这次会面后不久,也即在他们又在美国聚会后不久,傅汉思督促张充和写点关于沈从文和三姐的文章,张充和即于1980 年 12 月 5 日深夜写出了《三姐夫沈二哥》,文中谈及沈从文对中国文物的痴迷和钻研,她说:"这次见面后,不谈则已,无论谈什么题目,总归根到文物考古方面去。他谈得生动,快乐,一切死的材料,经他一说便活了,便有感情了。这种触类旁通,以诗书史籍与文物互证,富于想象,又敢于想象,是得力于他写小说的结果。他说他不想再写小说,实际上他那有工夫去写! 有人说不写小说,太可惜! 我认为他如不写文物考古方面,那才可惜!"

沈从文致信张充和道：

能在比较平静自由中，把由总理支持的任务完成一部分，且亲自还看到它印出来，就对得起生命，对得起国家，也对得起朋友的期许了。我只有一点担心，即我报废后，三姐会相当寂寞。经济上不是什么问题，生活上恐不免有些空虚。因为我在过去某一时，虽总是凡事独行其是，不大受她的应有约束，很使她痛苦。近卅年彼此都有了应有的认识，我大致如我家小帆帆四岁时说的："爷爷为人心好。"我们都为小孙女的话好笑，大致也得到了三姐的认可。

希望不久即可见到汉思。耀平兄说，他那本谈中国韵文的书写得很好，可惜我不懂外文，但三姐还是盼望能得到个普及本。你一定说到，不必为我带任何礼物，我们不论什么都还过得去，什么都有的，至多带一个二两重的开罐头的工具，就够了。和你这次回来一样，我们能见见，谈谈天，就多好！如果有机会，陪他看看故宫新陈列的字画，一定会使他感到兴味。因为从新的本业学习上，我们对于故事画的鉴别方法，有了些别有会心处，多从一切应用器物上判断产生相对年代。这不是外国人用新科学技术能解决的。

……

上次忘了带走那张小葵花，我已在上面写了几首打油诗。比起耀平、二姐的诗来，我作的只能算是打油体。也有人以为别具一格的。其实不过是建安体的翻新罢了。有的似乎还有点古意，但是现在读书人都很少有人读三曹诗，所以会说"即打油体也不合格"，首先是走韵出格。还有几首长的，内容相当新，一些人看来也多不大懂，主要是"读书人"都并不怎么读书。这是必然的结果。待把服装稿十二月里交出后，为选些文化史的旧诗抄出来，给你们看看。

沈从文所言"总理支持的任务"即周恩来亲自关心支持的《中国服饰史》的撰写和出版，尽管历经波折，最后这本大著还是在沈从文生前出版了。信中还提及傅汉思的学术，说"耀平"（周有光）对之肯定，当时傅汉思应该是即将到中国做学术交流，因此沈从文特地叮嘱不必带礼物，能够见面谈谈，已足欢欣。

赴美之路，峰回路转

沈从文赴美做文化交流和讲座事宜并非官方指派活动，但当时呼声很高，傅汉思和张充和于公于私都在热心协助办理，但是沈从文与张兆和却是不抱什么希望的。当时邀请人中有耶鲁大学中国小说史教授高辛勇、中国历史教授余英时、美术馆东方艺术部主任倪密联等人，邀请信寄到了沈从文的单位所属机构中国社科院，没有回音。后经在中国采访的沈从文研究专家金介甫前去联系，终于有了眉目，对方要求给出具体的名称、时间和报酬情况。傅汉

沈从文录古诗赠张充和

思及时与美国有意邀请的学校联系,发现他们给出的总报酬还不够两人的来回路费。傅汉思就向中国社科院提出申请解决来回机票费用,其余在美国境内的由各家邀请的院校负责,住宿则轮流在各地亲友家中。当这些问题解决后,又遇到了一个难题,社科院担心沈从文年事已高且有心脏病,而美国方面也有同样担心,就此去申请保险时也被拒绝了。眼看着此事要搁浅,张充和就问傅汉思:"你敢不敢负这个责任?"傅汉思是沈从文的崇拜者,一直心怀钦敬,他当即回答:"当然敢,尤其有三姐同来。"

而在这件事申请和沟通过程中,沈从文于1980年3月3日致信傅汉思、张充和时说道:

> 今天是元宵节,看到四妹十九号来信,和一张圣诞节"全家福"照相,我们十分高兴。
>
> ……
>
> 来美事,我不敢设想。我倒想过,正在付印的《服装资料》,还像本书,若秋天可出版,廿多万说明文字,能得一笔钱,如足够三姐来回路费,希望能照你前信所说,尽她和二姐一道来和你们住几十天,你的家里可以大大热闹一阵。至于我被邀来,恐永远派不到我头上。除非《服装资料》出后,在外得到好评,被邀来讲服装和绸缎,有较多发言权。别人也无法代替我。至于文学,也只能谈谈卅年代个人工作,别的忌讳多,不便褒贬。在外谈得一痛快,回来时会易出事故。因为在这里

张充和与张兆和在美国合影

所有作品,五三年即已付之一炬,台湾情形相同。才转作文物研究,足足卅年。机会好,见得多,特别是一些国内外还像"空白点"杂文物,兴趣广,说来也较扎实。来时可学的,也将是流散在国外这些材料。除非在美得什么文学奖,据我估计,此外出国机会不能怎么多。

......

过春节时我在人大会堂茶会中,见到金克木先生,他说及你五×年和汉思合译了陆机《文赋》,似根据几个不同版本校译的,末后还附有你书的精美小楷《文赋》全文。据说只印四百本。送过北大一本。他还在北大教法文,因托图书馆查查,果然目录中载有此书。随后居然已将原书查得,即刻收入善本(或珍本)类。并答应为我搞个复印本。你们手边不知是不是还有这本书,若已没有,待金为将复印本找来时,我看过后,或再印个复印本,或直接把这边得的本子寄你。

从信中可见当时两家来往密切,沈从文对于赴美并不乐观,但还是对能与连襟家在美团聚怀着一点希望,并想到了如果出去能谈点什么,如文学、文物、服饰等等。他甚至最后的希望是让夫人兆和去美国团聚。

谈及近况,他提到了英译陆机的《文赋》,其实是加州大学文学评论家陈世骧英译的,他特邀请张充和小楷书写,出版于1952年,当时只印了四百本,张充和曾多次致信张宗和提及此书,说她手里也没有了。而在国内也是"善本"了，因此沈从文才想到了"内销转出口"。

当然后来沈从文终于成功赴美，演讲效果大好，尽管只有短暂的三个月，但是张充和说："这美好的三个月，已足够我们回味了。"

信札谈美，风雅飞鸿

经过美国的团聚和一段时间相处后，张充和与沈从文的话题可谓谈开了，他们又像是早期一起买文物时的样子，凡是涉及美的艺术门类或是风物，都可以在来往信上交流一番，可谓无话不谈。

1982 年 3 月 30 日，沈从文从湖北江陵复信给张充和：

> 谢谢你，波士顿藏画这里可以借到，不必远远费心了。若旧书可买倒不妨为买一本。我正在刘玄德取荆州的荆州，约三号可回。主要是来看看新出的绣花被面衣服，看过后，才明白宋玉《招魂》和屈原诸文的正确形容描写当时的繁华奢侈到何等程度。
>
> ......
>
> 庆庆闻今年大学毕业。二姐依旧极有兴致唱戏。小平秋冬间闻将来美。我们这里买了些蜡染花布，将托他（或托另一个来美朋友）带来。

1982年年初,湖北江陵发掘马山一号楚墓,沈从文受邀前往鉴赏出土的极品丝绸。沈从文曾进行过一段他的文物之旅,考察和收集各地古代服饰资料,张充和获悉后则留心于流失在海外尤其在美的美术文物,希望帮上一点忙。信中提及"庆庆"为周有光与张允和的孙女,即周小平的女儿周和庆,当时应该在美国留学。张充和常与贵州的大弟宗和交流,她很喜欢国内的蜡染花布,曾多次制衣穿着,沈从文与张兆和特地购买了赠送给她,以感谢她相助收集资料。

1982年9月7日沈从文致信张充和与傅汉思:

> 为琐琐小事,反复麻烦你们,深增不安。小平来美,不久必可见到,并谈及这里诸亲情况。
>
> ……
>
> 那本《服装》出版后,各方面反应还好,正拟换彩色原图一百种,草目已定好,只是图照得从几个大博物馆弄来,这种事在国内却一切得看主事人各部门兴趣而定,因之虽希望今年年底可以交卷,事实上恐不易实现。

沈从文的《中国服饰史》在香港商务印书馆出版后,反响热烈,但还要继续修订再版。张充和对于沈从文的这一研究深有感触,在此书出版前一年她写道:"沈二哥最初由于广泛地看文物字画,以后渐渐转向专门路子。在云南专收耿马漆盒,在苏州、北平专收瓷器,他收集青花,远在外国人注意之前。他虽喜欢收集,却不据为己有,往往是送了人;送了,再买。后来又收集锦缎丝绸,也无处不钻,从正统《大藏经》的封面到三姐唯一的收藏宋拓《集王圣教序》的封面。他把一切图案颜色及其相关处印在脑子里,却不象守财者一样,守住古董不放。大批大批的文物,如漆盒旧纸,都送给博物馆,因为真正的财富是在他脑子里。"

1982 年 10 月 22 日沈从文在北京致信张充和:

这信写后因不知信封如何写上英文地址,致未及发出,我即匆匆上了飞机去日本,过了十天相当热闹日子。正值中秋和国庆节,由中日友好六团体,大大热闹招待了一番,各方面来友好客人约一千六百多人,据闻算得是近十年友好节日最热闹的一次。晚上又由大使馆作东请客,各国大使及日本上层人士又是六七百人,大吃大喝一场。看过了东京应拜访的人后,我还去东京博物馆找同行,看了一个下午又一个上午,因为是同行,有的是话可问可答,两次都是馆中关门以后才离开。可惜重要收藏在京都,我得随大队十五人一同转动,因此去不成京都。但在东京另一次约卅人学校教师座谈并便餐也极有意思,原来全是研究卅年代中国文学及我个人作品的。在座约有卅人,有几位且是远从北海道大学来的。只是在日本式便餐后,到爬起时不免有些狼狈,得要人扶才站得稳,这种日本饭一共吃了三顿,有两次且极高级,仍不免相当狼狈!

后三天是外出到静冈、神奈川,看橘园和农场,并参观大都寺名胜,庙宇虽不过三四百年,建筑保存得可极好,远比我们打倒又重新粉刷的名胜古迹显得出色。说是日本最富足的一县,年有七百万人来游玩,外人也有七万,卖小玩意的可真多,我却一物不买,只在东京买了几本高价书和几本廉价帖,如贺知章《孝经》,怀素小字《千字文》,欧书《千字文》,还买了七卷高价纸,似只宜写经,写一寸以上字就不大受墨。在东京写了十面册页,还顺手,正因此,回到了北京后,又补写廿余条。静冈过了一天又转至浅草,车盘旋而上山,约八十回才到达千三百尺高住处,两人同住一小小白木房子,据说是极高级的,小得虽可笑,设备可十分齐全,静得连草虫声音也听不到,有点离奇感。我们中有五人先回来四五天。日本的热闹虽如纽约,街道可极窄,著名的银座虽一再经过,夜中的景象可不及领略。艺术书极多,也相当贵,卖中国书刊的店铺居然还有我几种书出售。只可惜时间太短,下次若还有机会,大致得停顿三几个月,才能把想看的文物一一见到。

从信中可知沈从文是当年 10 月访问日本的,他提及见到了研究 20 世纪 30 年代他和他的作品的不少学者,其中就有东京大学教授、汉学家松枝茂夫。1938 年松枝茂夫就翻译出版了沈从文的《边城》,但是当时两国在打仗,无法交递,直到 1948 年这本书才通过冰心转交给了沈从文。松枝茂夫在译后跋中称:"通过这里所叙述的诗一般的故事,我们懂得了真正的中华民族是一个多么纯真可爱的民族,这使我感到欣悦。"1948 年 5 月 31 日沈从文回复松枝茂夫提及:"尊译前承谢冰心女士转来,并承一同学为将跋记译出拜读,盛意很觉感谢。"直到 1982 年,两人才得以见面,当时沈从文在松枝茂夫临写的《兰亭序》上题跋称两人神交四十余年,称他书法"融北碑入南帖""真体中堂奥"。当然,沈从文更多的还是对日本文物、建筑、书法和出版物的关注,表示下次再来要"停顿三几个月"。沈从文与张充和论及日本此类文化可谓找对了人,1966 年春季,张充和曾随傅汉思在京都居住了三个月,当时傅汉思就拜访了东京大学一些著名汉学家,而张充和则更多的是感受日本文化,她说:"京都的确有它的好处,就是保存旧建筑,旧手工业。"除此之外就是购买文房四宝和书帖,她之前总是托人代购日本的毛笔,还进行了对比:"中国笔锋长而丰,日本短而粗。"日本制砚她也喜欢,说:"我买到两方新制的砚台,是天然的,不雕不琢,极尽自然之态。"而有关中国书法、绘画的出版物她更是买得"贪心",还说有机会再来淘货。

提及沈从文与张充和,人们总会想到,湘西凤凰沈从文的墓上那四句诔文:"不折不从,亦慈亦让;星斗其文,赤子其人。"那是张充和亲笔所写,是半夜里忽然有了灵感爬起来写的,写完之后传真到北京沈从文家,这才发现,四句话的尾缀正是"从文让人"。这样的巧合更让我想到了诔文所对应的沈从文的四句话:"照我思索,能理解我,照我思索,可以识人。"

1993 年 10 月下旬,张充和与傅汉思来到凤凰为沈从文扫墓,登山临水,张充和作《望江南》五首,开头两首是这样写的:

凤凰好,山水乐无涯。文藻风流足千古,苗家人是一枝花,此处最宜家。

凤凰好,老幼喜洋洋。休道物华今胜古,古城中有古心肠,此处最难忘。

难忘的不仅是风景,也不仅是友人和亲情,更多的还是一种无言的默契和相知。

张充和为《沈从文传》题写书名

第二辑　友朋岁月

余心正短访张充和

2004年10月,时年九十一岁的张充和女士从美国回苏州举行个人书画展,活动期间一直住在九如巷家中,每天前来拜访的客人很多,余心正先生则是特殊的一位。早在20世纪30年代,余心正的母亲许振寰即与张元和、张允和、张充和一起学习昆曲,后来张充和去美国后还与许振寰、余心正保持着书信联系。此次张充和回到家乡,余心正也同是曲人,他对长辈充和女士有着问不完的问题,以下即是两人的问答:

余:改革开放后,您多次回国探亲、讲学,这一次有什么不一样?

张:每次都不一样。这一次曲友多,听了许多好曲子。我还在牵记巷口的老虎灶,去虎丘的小白马……时光太快了,从我曾祖、祖父、父亲,他们在苏州做官、办学,我的寰和五弟去年已有重孙。我们张家在苏州已是七代人了。

余:您拜在书法大师沈尹默门下,但又有您的风格——"明人学晋书,清新无俗尘"。特别是汉隶,有评论说,古朴苍莽,也有评

2004 年，张充和回国办个人书法展

论说您的隶书,简朴妩媚,您说呢？

张：拜沈先生是有人介绍的。我只是写写玩玩。

余：您有两件大事可以载入昆曲史册。一是上世纪"文革"期间,全国的昆曲院团、曲社统统解散,人员改行,下放,一时鸦雀无声,万马齐喑,只有您一人在海外哈佛大学大乐堂演唱《思凡》。当时您是怎么想的？

张：那是学校安排的。

余：您几十年在美洲二十三所大学教过昆曲。"自吹、自演、自讲",引起洋教授们的极大崇敬,说您是昆曲权威和天才表演艺术家,还带出昆曲博士生回国演出,当时您是怎么想的？

张：没有怎么想,因为我先生 Frankel 喜欢。我从小就唱曲子,在苏州学的身段。他们来请,很推崇昆曲的载歌载舞,我就去唱唱讲讲。我先生和女儿也一起去帮忙。那时没有人,我就"猴子称大王"了。

余：您听到联合国评中国昆曲为"人类口述和非物质遗产代表作"是什么心情？

张：我连他们说的名字都没记住。昆曲,无价宝,那是早有定论的。文化瑰宝,艺术长存,比政治的生命长得多。

2004 年，张充和回到苏州与曲友余心正合影

余：世人最感兴趣的是张家十姐弟的高学历、高寿诞，其与喜爱昆曲有什么关系？

张：多读些书，学有专长，那是张家的门风，"跟上时代，男女平等；淡泊名利，相信科学"是我们父亲的主张。我们从小体弱，都没想过长寿，这与喜爱昆曲有什么关系？天天哼哼唱唱，人就很开心了。

余：您这次返乡，三次书画展，五次出席曲会，还夜以继日地灌了十七段名曲的 CD，耄耋老人，童颜还唱得这样好，这样美，有什么秘诀？

张：七八年不唱了，我先生病重这几年嗓子都不吊了。这次是开心，北京、上海、苏州这么多新老曲友，几位学生陪着我日夜转，也习惯了。

余：报上说您才九十岁，离百岁还早哇！您给百岁老人周有光先生题字"有光一生，一生有光"，给沈从文先生写墓志铭，四句中嵌先生名，真是神来之笔呀！

张：我都九十一岁了，比蔡老小，比汪老大。给二哥题辞，是子俍起哄，给三哥写铭，只想到内容，刻好以后，被去参拜的有心人发现后告诉我的，三姐特别欢喜。（墓志铭：不折不从，亦慈亦让；星斗其文，赤子其人。）

2004 年，张充和在苏州清唱昆曲

余：您这次返美后,什么时候再来?

张：明年嘛,再来听你们唱的曲子!

余：您写的对联"十分冷淡存知己,一曲微茫度此生",请问可以理解为您的人生态度吗?

张：可以。三分冷淡不行,要十分才行;在昆曲中度过余生,不是很有价值吗?

张充和回到苏州,在沧浪亭与文徵明像对视

书信里的张充和与陶光

陶光,原名光第,字重华,1935 年毕业于清华大学中文系,清朝端方后人。张充和在文中回忆陶光,说端方应是他的曾祖辈,说他因陶斋(端方之号)而姓陶,但他从不提及家事(《张充和诗文集》)。陶光于抗战时期任教于云南大学,嗜好昆曲,曾得红豆馆主溥侗亲授。汪曾祺记录他是张充和的追求者,但属于"单相思"。1948 年,陶光受邀去了台湾,进入师范学院任教,后又辞职,于 1952 年冬意外死亡,年仅四十。遗未刊诗集一部,寄给了远在美国的张充和。

张充和与陶光最早相识于 1935 年在清华大学成立的曲社谷音社,张充和的大弟张宗和在该校读历史系,与陶光是同学。

张充和说当时他们中间以陶光的嗓子为好,喜欢唱《长生殿》里的《武陵花》,不管有没有笛子,可以闭着眼睛唱,有一次在云南大观楼,他们一班曲友就趁着陶光陶醉唱曲时溜掉了。张充和说陶光说话直来直去,未免使人感到"其狂亦狷"。陶光说张充和"词不如字,字不如曲",十多年后,张充和自觉承认并铭记。

在张充和与张宗和多年的通信中多有提到陶光,对他的意外去世,唏嘘之余更多的是感慨人心不古、人世沧桑。

1972 年 6 月 30 日,张充和致信大弟宗和:

此信专为谈谈我所知道的陶光的生前身后事。陶去台时在师范大学任教,性格比前更耿直,不会迎合当局,不理同事,可是学生们都说他书教得好,也有真货。学校当局为了要安插一个不相干的,便把陶光解聘了。他的太太(滇剧名角)亦与他离别,竟一去不回。据说是他们吵了架……但陶某亦是硬骨头,又下不去面子,于是从此就不见面了。……后来他更是穷愁潦倒,也不去求人,把工作丢了,也不去找事。据老苏说家中连稀饭都没有。后来出外散步便倒在小桥上死了。陶某死了十年,我亦没想起要做诗,一听到这种种惨事,便成了三首诗一首词。请你指正。他从不给我写信,只是死前一月寄来一本诗集、一本词集。所以我说"信有故人成饿殍,忍听新贵说怜才"。下句也是事实。

1972 年 7 月 27 日,张宗和致信四姐充和:

六月三十日述陶某死事,甚为惨,为他难过了几天,当即将你信札抄寄华粹深,已得他回信。……关于陶某我还有他在昆明和刚到台湾时给我的几封信和诗词,但不知在那个箱子底下,等我找出来后再抄寄给你。……陶某在昆明云大时,和我同住映秋院楼下,朝夕相处。翠湖堤畔,面馆,小咖啡馆,经常有我们的踪影。后来凤竹到昆明后,我们住在桂花巷时,他是我们家的座上客。不过遇到我和凤竹吵架时,不但吃不到饭，还要饿着肚子来劝架。那时生活已渐困难，吃一碗猪脚面已不容易了。从我脱离云大后就和他分开了。胜利后他到台湾，也没有到苏州来。解放前他还有信来，解放后即不通信了。

1972 年 8 月 13 日，张充和致信大弟宗和：

　　得七月二十七日信（昨日八月十二日），死了多年的陶某忽然引起老朋友们泪水，都因音讯阻隔，虽是陈事，也还是伤心动人。盖棺论定，陶某之脾气越来越怪（一般不懂他的人是这么说），却也真是不会理解种种恶习的社会使然。他之所以被开掉，不回头不低头，不屈服，饿死也不阿谀社会。当初携妻到台，因为云大不能容他太太，他觉得还是换个绝不同的环境，不知易地不易境……关于许世瑛、华粹深的推测不无有因，听到陶光的旧学生亦有微词。此事不必再提，提了伤活人感情。

　　从这些信中可见，张氏姐弟对陶光之死的真相很是关心，但毕竟山高水远无法亲自去了解。

　　而从新发现的陶光四封致张宗和的信则可以参考推测陶光在台湾的真实生活。经查，这四封信写作时间应为 1948 年至 1949 年。

　　第一封：

宗和兄：

　　在昆得书，久未作复，亦颇以能相聚为快，但贵师之聘本不十分自然，故当时即函足下问贵大状。嗣得世瑛之信决意东渡。于十月二十三日飞柳州，经衡阳、长沙、南昌、杭州至上海转此已一月矣。初到此间一切皆须安顿，近始稍有头绪。十年以来，辗转于黔、滇、川三省，骤抵海滨，殊有新鲜之感。但此地文化气氛之低耳，非西南之比，是亦不及料者。鼎芳亦在此任省府参议，世瑛近与粹深之八妹结亲，足下在彼何如？尊嫂想来未必能喜兹丘陵间耶。北平已成用武之地，尚复有信来否？贵州所产棉纸极佳，不知近时价格何似，若不贵，又寄递方便，甚望能多买夹层寄赐，其用甚多。

　　即问双安

弟　光顿首

十二月二十日

第二封：

宗和兄：

　　不通信将近半年矣，得来书甚慰，前寄去之信收到否？你开的"曲选"如何？师范学院之风波并非起于罢课，因学生与警察稍有纠纷，事态渐趋严重，政府本不满学生，遂围宿舍捉学生，随后重新登记，听课约一月。现已如常。台省币制于半月前改革，发行新币，同时调整待遇。在此以前我们的生活也是许久不敢买点肉，经济拮据已极，连发封信都要等发薪，比之以前我们在昆明时简直有过之无不及（不过当时是一个人）。新币发行情形尚好，物价虽也稍涨，颇有限，大概是因为同时有黄金储蓄办法，即可持台币到银行存入，过时可提取黄金，等于兑现。因此金价反稍跌，其他亦不能暴涨。最猛的是小菜肉，或因为台人日多，供求不能相及，目前我们的生活又颇过得，不知以后整个的局面如何。假如局面更坏，则值恐怕仍将跌落。全国改革大概最近可以公布，想来也照此地办法。你现在做何打算？改币后大概不至于开不了学吧？我在此地闷得异常，因为这年头人与人很少能开诚相见，我又是毫无城府，所以不容易和人接近。姜先生处我也是曾去过一信（金华），未得复信。他任厅长还是最近才听说。鼎芳于和谈濒于破裂时去杭接眷，去后毫无消息，粹深仍在南开，久已无信。大姐在台中做什么？四姐到美国有无通信？

即祝近好

光 六月二十七日

第三封：

宗和兄：

来信收到，这里非常热，虽说有风，还是很吃不消，加之我近来"发福"本来就爱出汗，弄得简直不敢出门。此地现在人满得不得了，可是我还是很少朋友，可以说很闷。有些有名的风景区，很想找机会去逛逛，经济又不富裕，再则家也丢不下。我现在吃得不坏，内人本不会做菜，我揣度着试做好些，连面食居然成功得很，甚至还有创作。不过鸡鱼之类绝少，这里鸡很贵，鱼多为海鱼，腥而不鲜。水果样子不算太多，现在正是菠萝季，不到新台币一元可买一个（银元合新台币三元余），西瓜也不错，香蕉终年不断。想来你们在山地里绝无此机会也。现在新待遇发表了，你月入能几千？能否维持？下年想仍不动？云南的情形究竟如何？相隔不远，有所闻否？曲子还唱不唱？我到此之后仅有一女稍会唱些，极偶然的唱唱。听说张传芳也在此，不知在何处，自己也不大哼。大姐在台中，相距不算远，也想去看看，不知何时真能去。我懒得不像话，暑假中真正休息，吃饭看报睡中觉，吃饭、睡，任何事不做，稍微一动就是满身的汗。四姐来信了么？她的英语足够用否？据说美国物资方面很方便，是否对她的身体有好处呢？我近来非常想出国游历或教书，老苏最近也来函，曾见数面，你来信曾给他看过。内人害的是腹中生瘤，必须开刀，早已出院算是全好了，所怕再生。炎麟想仍在女师学院？久已不通信了，他结婚后你们没有见过面吧？感情也不十分好，前年他太太独自回家乡，湖南邵阳，不知现又来重庆否。以靖健壮，可养。不过你应该记得医生的话，她恐怕潜伏着有病菌，在十五岁以后须特别注意营养,现在也须好好营养,要能抵抗得住。新嫂夫人有几个小孩?有人说沈从文在北平自杀了,不知真否?你也未必知道吧?你现在作什么研究?非常盼望你能多做点功夫,有无大作?

　　问好!嫂夫人好!

　　　　　　　　　　　　　　　　　光　八月一日

第四封:

宗和兄:

　　来信早已收到。近来你们的生活怎样?前次我说的这里发行新币,调整薪水,以后日子过得不错,现在又不同了。物价又在涨,虽说没有从前涨得快,也就可观了。总之我们是又在开始勉强对付。此后如何还不知。好像前回已告诉你我在此地寂寞得异常。主要是这年头谁和谁都不能开诚相见,尤其是像我这样,和谁都没有深切的关系,也没有那一方面使我满意。想起来阁下怕是我仅有的朋友了——你没有很多的改变吧?……不过我个人是一天天发胖,似乎过得很好,近年来作的诗日觉苍老,如:“秋气入溪竹,萧然风物悲。寒光凝永夜,青格动轻飔。渐觉欢情减,因知岁月移。含思孤坐久,怅望解人谁?”又:“世事分望缠,生涯尽苦辛。抚膺如见昨,揽镜未衰神。雾霭秋山灭,风寒白露新。万家酣睡里,侧耳欲沾巾。"这都是最近作的。就诗论实在是好的，恐怕去老杜不远。尊见如何？

……四姐最近有信吧？她也惦念这点剩水残山不？替我问候她，或者把她通讯处告诉我吧。曲子是完全没得唱，今天报载姜的厅长换了，不知其详，如何？你们通常有信否？老殷通信否？来信！

祝合府欢喜

光 十一月三日

陶光去台湾后给张宗和的信（张以䢼/供图）

巧合的是，与陶光的信件同时发现的还有华粹深的旧信。华粹深于 1935 年毕业于清华大学中文系，师从俞平伯，研究戏曲。他与陶光本是同窗，因其妹妹嫁于许世瑛而前往台湾，与陶光一家熟识，因此其信件可以帮助解读陶光的信件。

如写于 20 世纪 70 年代给张宗和的信中提及："前得来信，并四姐的独往集诗，读后颇为感伤，忙里偷闲，写了打油诗十首，悼陶光兼忆往事。寄上请斧正。想足下读后会有不堪回首话当年之感。二十年后得此消息，悲恸何极。"

又有一封："上次寄了悼陶某的打油诗，第三首写得太不像话，今改正如下：檀板笙歌聚一堂，谷音盛况最难忘。是谁压倒袁乔醋，裂帛穿云一担装。"

还有一封："接来函及抄示四姐信，阅后至为哀伤，泣下不止，乃至夜不能寐。四姐悼词'致命猖狂终不悔'，可谓知己之言。回忆七七事变后，陶光因不欲与其庶母同住，寄居我家，朝夕相处，情感弥深，他那种孤高耿介的襟怀，走到那里也都要碰壁。胜利后燕京大学以副教授名义约他，他坚持非当教授不可，拒不应聘。假使那时他能就聘北来，或可不至流为饿殍。伤哉！……据我妹妹以前来信说，陶光和其夫人经常吵闹，他们都同情女方，对陶光意见很大。……"

至此，综合各方信息，应该说有关陶光的非正常死亡已是渐渐清晰了。在陶光的遗著《列子校释》里，有赵赓飏、许世瑛写的后记，其中明确写着："陶光，北平人，民国二十四年毕业于清华大学中国文学系。民国卅七年夏,自滇来台,任省立师范学院教授。循循善诱,矻矻穷研,日夕未尝少息,体力因以日衰。而赋性狷介,生活清苦,竟……以心脏病猝发,医药罔效,溘然长逝,得寿仅四十岁,伤哉!"

陶光著作《列子校释》

文中对陶光生前安贫乐道饘粥以养亦有着墨,对照书中列子形象,竟然契合。

我在新得陶光的另一遗著《陶光先生论文集》里看到,陶光在去世前不久还在作着有关诗歌和艺文的论文。在书中,陶光对屈原性格的研究用心之至:"造成这个大悲剧最重要的理由是他底坚强,一般地说,铸成每个人不同的命运者不是上帝,而是每个人自己底性格。性格与环境相冲激,磨擦,画出了一个生命经历的蓝图。环境,即一个人的遭遇如何,不是固定的,因而或多或少地影响或改变了命运。""每一个人的生存必须对于生存具有信念,即是说他必须肯定人生。不拘知识如何谫陋的人,在感觉中,他模糊的意识到生存的含义,虽然不一定能说出。在《天问》中我们看到屈原对于生之信念动摇了,他否定了一切,他否定了人生,他否定了自己。在这种情形下,他无法生存下去,他不得不死,于是他死了。"(《论屈原之死》)

张充和说陶光"致命猖狂终不悔",实则是性格使然,从同期新发现的陶光诗词亦可见一斑:

岁暮书怀

溪影当窗短烛烧,虫鸣入夜雨飘潇。

寒妻强病传薪火,倦客埋心事篆雕。

身世百年甘俯仰,襟期斗室送昏朝。

人间尚有低徊处,自昔诗篇共沉寥。

陶光遗著中的个人照片

张充和为卞之琳著作题签

在编注《小园即事》时偶然看到卞之琳早期出版的一本书——《十年诗草》，封面书名是印刷体，扉页则有四个书法字，落款为"充和"。小字款款，玲珑有致，引人遐思。其中选编的是卞之琳创作于 1930 年至 1939 年的诗歌。看出版时间为 1942 年，注明桂林土纸，初版 3100 册。纸质看上去有点粗糙，但想那时正是抗日战争期间，能有这等纸张已属不易，且如今这种纸张反倒成为收藏热宠，网上被炒作得"遥不可及"，也只能是看看了。

后来又看到一文写卞之琳于 2000 年去世后，女儿青乔将卞之琳 1937 年 8 月于雁荡山大悲阁为张充和手抄的一卷《装饰集》和一册《音尘集》捐赠给了中国现代文学馆。当我打开现代文学馆编辑的《中国现代文学馆馆藏珍品大系：手稿卷》(文化艺术出版社 2010 年版)，找到其中的《装饰集》一节，发现捐赠人是"张曼仪"。张曼仪女士是卞之琳生平及其文学成就的研究专家，她编选的《中国现代作家选集·卞之琳》一书附有《卞之琳年表简编》，其中记录详细：说卞之琳与张充和于 1933 年初识；1936 年 10 月，卞之琳回老家江苏海门办完母亲丧事，到苏州探望张充和；1937 年，"在杭州把本年所作诗 18 首加上前两年所编的一道编成《装饰集》，题献给张充和，手抄一册，本拟交戴望舒的新诗社出版，未果，后收入《十年诗草》"。就在《十年诗草》正式出版次年即 1943 年,卞之琳又于"寒假前往重庆探访张充和"。

看卞之琳手抄《装饰集》,一丝不苟,笔笔用心,完全可以直接制版印刷。"给张充和"几个字工整而平淡,蕴藉而富有深意。《手稿卷》中还对此抄本做了"内容简介":"本集收录了诗人 1935 年与 1936 年的诗各一首和 1937 年的所有作品,如《旧元夜遐思》《鱼化石》《候鸟问题》《第一盏灯》《无题》等共 20 首。这本集子里有五首'无题'诗,是卞之琳痴恋张充和并深陷爱情时所作,诗歌充满宿命的隐忧。《装饰集》是卞之琳手抄一卷献给张充和……《无题》组诗写得如此痴情:'门荐有悲哀的印痕,渗墨纸也有,/我明白海水洗得尽人间的烟火。/白手绢至少可以包一些珊瑚吧,/你却更爱它月台上绿旗后的挥舞。'(《无题(三)》)'白手绢'的迥异用处,暗示出'你'的终将离去,而'海水'代指时间,它终能将诗人失恋的悲哀慢慢洗尽。"

诗人失恋的悲哀能否被时间洗尽?诗人失恋后又会否有悲哀?这些问题恐怕非外人能知了。依稀记得严晓星 2000 年冬去看望卞之琳,旁敲侧击地问起曾记着他的恋情的《夏济安日记》:"卞之琳声音高昂起来,以坚决的语气用力地说:'他那本书里乱写!关于我的都是胡说八道!一九八○年我在美国见到他弟弟夏志清,我对他说,你哥哥怎么在日记里乱写我!'"一个多月后,卞之琳便去世了。"她(张充和)托人送来了花圈。六十多年情事沧桑,尽在不言中。也许她还记得,1937 年春天,他在诗里对她说:'百转

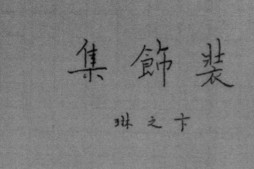

卞之琳著作《装饰集》有"给张充和"字样

千回都不跟你讲,水有愁,水自哀,水愿意载你。'"晓星总能观察到不为人知的微妙的一面。

有关《音尘集》往事,偶读蒋颖馨《〈音尘集〉是为谁印?》(《文汇读书周报》2009 年 10 月 28 日)颇有收获。"姜德明先生在序中介绍,《音尘集》是 1939 年 9 月卞之琳自印本。诗集为木刻雕版,北平文楷斋刻,朱印本。书内收集作者 1930 年至 1935 年的诗作 20 首。卞之琳在 1942 年 5 月出版的《十年诗草》(《音尘集》收在其中第一部分)题后附作者的声明:'本集曾于 1936 年夏雕木版试印十余册于北平文楷斋。'姜德明在琉璃厂觅得一本,因为此书之难得与珍贵,曾写信问卞之琳,为何印数这么稀少。卞先生说他出书后,常有不满意处以至意兴索然,于是不再印刷。此外,姜先生写道:'还有次要的原因呢,卞先生后来面告,印这本诗集也是为了送给一位异性友人的。这里寄托了诗人青年时代的一个旧梦,虽然美丽,终归幻灭。'"文中即揭晓答案说异性友人乃张充和。

后来我偶然又收到一本民国旧书《浪子回家集》,作者安得列·纪德[①],是卞之琳翻译的,文化生活出版社出版,民国二十五年(1936)五月初版,民国三十六年(1947)六月再版。封面上红色田字格,每格内一字,为"西窗小书"四字,书法写作,颇有行楷之美,精致之至,可见用心。据悉卞之琳所译四种,皆用此"西窗小书"装帧,素净雅致,名著名译,只是不知为何名家所题签?偶读陈子善

---

① 现一般译作"安德烈·纪德"。法国作家,1947 年诺贝尔文学奖得主。

安得列·紀德

浪子囘家集

卞之琳譯

西窗
小书

2

文化生活出版社

卞之琳译作《浪子回家集》封面上"西窗小书"四字为张充和题写

先生微博说是张充和女士所题。再读张香还文章《记卞之琳》(《文汇报》2011 年 10 月 25 日)，其中便由卞之琳本人揭晓了答案。张香还文中说卞之琳四本译品装帧用心。"这四本书的装帧设计，看得出是译者作了精心安排的：洁白的封面，仅仅简略地用了黑、红两色铅字，原作者名与译者名，用了黑色，书名则用红色。而在封面下端中间，却点缀上一个红色田字形小方格，羼嵌进了带有章草笔意的'西窗小书'四个黑色小楷字，秀美无比。我当时揣度，这恐怕是出之于沈从文的手笔。"

时隔多年后，张香还致信卞之琳问及译本上的雅致四字，卞之琳倒是不避讳谈及，"抗战胜利后，承你节衣缩食，买我在上海文化生活出版社出版的几本'西窗小书'，我现在听说了深感不安。我得顺便告诉你，封面上小四方块里这四个字却不是沈先生写的，而正是出于上面提到的'我的另一位老朋友'(*女朋友*)的手笔。这里无密可保，但纯属过去无关紧要的私事，也不必张扬"。时为 1984 年，距离此书首次出版已四十八年。两人也已各处在东西方两国，并建立了各自的家庭，落花无情，流水有意，有些事可能还真不是局外人所能感受到的。

倒是这本书里的卞之琳的一段序言颇为有趣："恋爱试验"或"浮念解说"，就故事而论，无非是：路克与拉结相遇于春天，互相爱悦，彼此结合了，过了整个幸福的夏天，到秋天感到了爱情的餍足，各自"梦想了新的东西"，"没有眼泪也没有微笑的"分了手。意义显然：欲念的满足只是落空。对"夫人"或"妹妹"讲这个故事讲

张充和与卞之琳的合影(摄于 20 世纪 30 年代)

到后来连自己都厌倦了,起身走了,直到冬天才想,比路克和拉结要不同的,较好地一同来续下故事,而在炉边听"妹妹"指出教训:不要把路上的障碍当作目标而要超越它们,作为唯一的目标而从每件东西里发现神。

"不久他们便分别了;没有眼泪也没有微笑的诀别;宁静而自然;他们的故事完了。——他们梦想新东西了。"总觉得纪德写于1893 年的句子通过卞之琳的翻译,更是适合于一段美好的交往,毕竟,不是所有的分别,都是伤感和遗憾的,况且这世上很多看似完美的东西又多是有缺憾的呢?

张充和与梅贻琦益庐茶聚

1941 年 8 月 7 日,清华大学校长、西南联合大学校务委员会常委兼主席梅贻琦从昆明一路考察,风风雨雨数月,终于与郑天挺、罗常培赶到陪都重庆的青木关。一顿饱食后,梅贻琦与罗常培去往益庐访问一个特别的友人——张充和,其时她就职于教育部音乐教育委员会国乐馆,负责整理国乐。

早在昆明呈贡期间,张充和便与罗常培常常来往拍曲。张家大弟宗和毕业于清华大学,张充和又参加了清华大学的昆曲社团谷音社,与清华曲友如陶光等颇有来往,因此张充和与梅贻琦的交往便是寻常了。当晚,一众学人前往民众馆饮茶望月,夜十时始散去。梅贻琦回想茶间张充和对他书法的赞词,颇为意外,"张女士屡称吾所写字甚好,自觉惊异,不知何以答之"。张充和以曲、书为最,当时她在重庆尚未成大名且与沈尹默请教,但她对梅贻琦的书法称道,还是令梅贻琦为之在意,后来梅贻琦还特地去拜访沈尹默并以得到其小书条为幸。

从此开始,梅贻琦多次上山到教育部与张充和、郑颖孙、郑惠、罗常培等人饮茶,并一起进防空洞躲避空袭警报,有时一天遭遇多次警报,可谓生死之交。欣慰的是,其间有罗常培与张充和一起唱曲打发危机时光。罗常培记载有一次在重庆观看教育部音乐教育

抗战期间,张充和(左四)着昆曲戏服与查阜西、郑颖孙、曹安和等人在云南呈贡合影

委员会全体演出,其中有曹安和的琵琶独奏《十面埋伏》、张充和的昆曲《刺虎》:"大轴子是张充和女士唱昆曲的《刺虎》里的'俺切着齿点绛唇''银台上煌煌的风烛墩''恁道谎阳台雨云'三支。《十面》的指法纯熟,《刺虎》的珠圆玉润,是那一晚听众的公评,用不着我多恭维的。"8月11日这天,在两次警报之后,梅贻琦还是决定上山寻友,5点30分,"至小可食馆,主人为王翰仙、郑颖孙、戴应观、邹树椿",客人中则有梅贻琦、张充和等三四人,"席间饮大曲,酒杯颇大,五杯之后若不自胜矣,临行竟呕吐,主人以滑竿送归,王君伴行,颇感不安也"。

此后数天,梅贻琦常与张充和、郑颖孙、罗常培等往来饭茶和躲警报,罗常培说张充和、马芳若、韩裕文等每次都把进防空洞的点心都备好了,真是细心周到。有一次北大几个学生宴请梅贻琦在桃园吃饭,天热室小,酒菜也不好,梅贻琦颇为郁闷,直到去了益庐饮茶聚会,才觉得快意。次日(8月13日)在躲避了三次警报后,梅贻琦即往益庐去寻友,张充和不在,梅贻琦与路过的几位外国友人相谈甚欢,张充和回来后做了梅汤、稀饭招待他们。食毕,梅贻琦又与张充和等人步行到关口的国立音乐学院,陈嘉、黄友葵夫妇请客,酒是自酿的葡萄酒,口味大好,梅贻琦喝了不少。

茶酒雅集,燃香闲谈,梅贻琦的益庐时光应该是他战时不多的休闲时光。8月15日,梅贻琦又至益庐赴约,"入门充和出迎,若以吾来为意外之喜。吾曰:'一定是来的。'饮青梅酒又五六杯。座中有王女士,张欲为郑作媒者。饭后饮清茶,试燃香数种"。不知此青梅酒是否张充和手酿，又不知此时做媒是否即为郑颖孙与王女士做月下老？

只是到了次日（8月16日），风云突变，午饭后梅贻琦接到郑天挺信报说8月14日西南联大被炸，梅贻琦坐不住了，及时与昆明方面致电联系，并准备前往察看。8月17日，张充和、郑颖孙等人来看梅贻琦，大家一起吃了午饭，吃的是北方水饺，"饭后郑去，张留闲话"。解除警报后，梅贻琦即收拾行李离去。8月23日，梅贻琦乘机到达昆明，一下飞机就遭遇了空袭警报，当地有房屋被轰炸。在昆明期间，梅贻琦马不停蹄处理校务，并调查学校被炸损失，致电教育部索要经费维修。

公务繁忙之余，梅贻琦更愿意携酒寻友小酌，昆明靛花巷是郑天挺、罗常培及被梅贻琦约来讲课的老舍的居住地。罗常培曾记："他（老舍）到昆明后，和我一同住在靛花巷三号的宿舍，这所房子深藏在一条不堪其忧，我辈不改其乐的陋巷里。从前陈寅老因为'靛花'两字拟名为'青园'，经过这番品题，便觉着风雅了许多。"

梅贻琦重返西南联大，自然会是靛花巷的常客。8月30日他在蓉园为学人证婚后赴宴，"饭时菜甚多而不佳，酒亦劣"。晚间，梅贻琦怅然若失，"归途访郑、罗、舒（老舍）于靛花巷未遇。归寓明月正好，坐廊上，寂对良久，为之凄然"。

9月13日，梅贻琦又至靛花巷访几位老友，罗常培在病时，不能外出，却主动送绍酒三瓶，梅贻琦留下共食共饮。后来郑天挺又病倒，梅贻琦顿时失去了左右手，11月3日他在日记中写道："上下午皆在联大,郑未复职,查病尚未愈,只好勉唱独角戏,尚不以为苦也。晚饭后月色甚好(九月十五),携酒一瓶至靛花巷与罗、郑、舒闲谈。十一点归来,作信致张充和女士,劝其勿留艺专,不知有效否。"

这一情节在罗常培笔下却是另外一种浪漫过程——《梅月涵月下访友》:"老舍头次到昆明来,梅先生从头到尾都够朋友,他曾经盛设过酒筵,也曾经款待过家常便饭。有一天晚上,皎洁的月色,笼罩住翠湖,阮堤上的银霜洒满了疏影遮不到的每个地方,青园诸友陪着老舍从街上归来,穿过湖滨,一边步月,一边闲聊,文庄公指点给他那里是'芭苍桥',什么叫'无极路',怎么会有'鬼打墙',好让他知道翠湖的月夜为什么值得流连。刚刚转过玉龙堆和翠湖北路的转角,忽然看见一个人在月光底下,提着一个布口袋,踽踽独行的低头往前走着,定睛一看,原来正是梅先生。他的口袋里装着一瓶绍兴酒,正预备到青园访老舍去对酌,这一来把月夜点缀得更风雅,更可爱了。夜深找不到下酒的菜,仓卒间只买到一点儿豆腐干和花生米,可是在斯时斯地,此情此景之下,这一点儿东西的味道,真比珍馐还适口。"由此老罗诗兴大发:梅月涵月下访友,舒老舍酒后聊天。预知后事如何?且等"散记"交代。

记得梅贻琦在昆明也有诗和张充和,时在 1944 年:

浪迹天涯那是家,春来闲看雨中花。

筵前有酒共君醉,月下无人细煮茶。

再回到梅贻琦致信张充和,月夜之下,绍酒正酣,在尽可能网罗人才进西南联大之时,他是否也在无意中劝说张充和再回昆明来?

自青木关别后,匆匆二月有半,友朋通讯竟未一着笔。今晚自莘田处归来,实觉此信不可再延矣。今晚适月色特好,携酒一瓶,至靛花巷,与罗、郑、舒三君小饮清谈。罗先生出示尊函,有暂留江安为艺专编影剧之意。琦初听之下,颇感似非所宜,在座亦表同意,以后当必有专家专论之。琦等非必欲好友尽聚于昆明,但总觉滇池之畔,不可龙庵无主,学问之道在天才,固不拘于地域也。益庐屡次叨扰回忆,尤觉难得,已公推郑公函谢,兹不更客套矣。敬颂文祺,不一。(上沅先生、夫人烦代问候。)梅贻琦谨启。十一、三夜

只是,张充和既没有去江安艺专做编剧,也没有再回昆明云龙庵,而是继续留在了重庆,直到抗战结束。而梅贻琦则与西南联大同在昆明,主持大局,有段时间还主办了清华服务社,自产自足,办碾米厂,还制造味精、酱油等,盈余数百万元,用于调剂清华大学及联大教师生活,并帮助恢复生产,颇受好评。不知道亲手参与柴米油盐生产的梅校长是否还记得那些旅途中的饮食滋味?

话说张充和在内战后不久即赴美定居,而梅贻琦也在战后去了美国。张充和大弟宗和曾致信询问老校长近况,1960 年 8 月 12

充和女士：

自春末闻别后每、育有半夜朋逰讯无末一...（信件手书，草书难辨）

梅贻琦谨启 十二三夜

抗战时期梅贻琦致张充和的信

日,张充和回信说:"你们清华校长梅贻琦生肠癌,不治之症。据医生说多则一年,少则半载,他今年七十二岁了。"

两年后即 1962 年 5 月 26 日,张充和又致信宗和:"今天在纽约开了故校长梅贻琦的追悼会,是癌症死的。其实他在美国呆得倒也平静,蒋政府迫他回去是迫'庚款'的。梅太太脑筋清楚,自己在这儿学护士,预备自立,始终没有去台湾(当然他病危时还是去的),我们都觉得他去台可惜。"张充和喟叹梅贻琦去台湾可惜,不知道是针对他应该坚守大陆还是留守美国;但她对于"蒋政府"与"庚子赔款"的关系倒是看得明白,并对梅贻琦夫人的自立大为欣赏。此时的张充和在美国已经会做很多的菜式和下饭小菜,无非是因为生活要精打细算,"洋公公同婆婆来住了几天(六天),外国媳妇容易做,菜也容易。早上公公是一个鸡蛋或蒸或煮,其余是冷麦片及炒米之类。婆婆是一片面包两杯咖啡。中饭是生菜水果面包冷饮及一点乳酪之类。晚饭才是正经饭,一荤一蔬一甜,但是刀叉要摆得讲究,美国人穿晚礼服,即使大战中没有肉吃,也得穿破礼服。他父亲随便,母亲东西也吃不了多少,可是穷讲究。我们平时中外礼节在吃饭时都取消了,他们一来,一点洋规矩总得学学,好在我来时在他们家住了半年,也学了一点"。此时,此境,哪里有昔日益庐的茶酒畅饮来得痛快、惬意?

张充和请巴金写序

张充和与巴金似乎没有什么交集,但因为张家大弟张宗和的一部遗作,张充和曾回国拜访巴金并多次致信,请他写序并希望能出版这部作品。为此,沈从文夫人张兆和女士也曾与巴金谈及此事,虽然最后此事未成,但巴金与张家的友情一直持续着。

沈从文与巴金的交集可谓颇有渊源,而张家人与巴金的相识或许也正是由于张家女婿沈从文。1938 年 10 月,从内地逃难的张家大弟宗和到了广州与未婚妻孙凤竹家人团聚,眼看着广州不保,他又要起身逃难,当时他记录:"等我起来时广州人又都在准备逃难了。我在广州的朋友不多,病好我就去找主持文化生活出版社的李芾甘(巴金)先生,我们在北平时就熟,一谈起他们也正预备撤退,还有一个文化机关宇宙风社和他们一起走。"就这样,张宗和与孙凤竹跟随着巴金和李采臣的队伍向桂林转移。张宗和还不好意思介绍孙凤竹是未婚妻,就含糊地说是朋友的妹妹,当时巴金还带着女友陈蕴珍。船到柳州后,巴金一行要继续往桂林出发,张宗和与李采臣则要去往重庆,于是结伴而行。

到了贵州后,李采臣先行一步,临走时借给张宗和一笔路费,而在逃难过程中,张宗和曾向巴金兄弟借了钱,为此孙凤竹多次催他还钱。在结伴逃难过程中,发生了很多艰难而有趣的故事,如借住民居时差点失火，巴金让大家赶紧吐口水；如在广西为了弄到船票，李采臣与人干架；如在船上遭遇宪兵查房不准男女同居；等等。这些都被张宗和写进了他的《秋灯忆语》里。1991 年 12 月 2 日，巴金致信张兆和提及这部《秋灯忆语》："读着它，我好像又在广州开始逃难，我又在挖掘自己前半生的坟墓。我还想到从文，想到您，三十年代四十年代的许多事情是忘不了的。我还要活下去，能动脑筋就要争取多活。今天我仍然要说生活是美好的，因为生活里有友情，我不曾白活，我有不少的朋友。"

巴金之所以能读到《秋灯忆语》则缘于张充和。张家十姐弟中，张充和与张宗和因为共同在北京上大学并且都喜欢昆曲而走得很近，从 1947 年两人分别后，直到 1977 年宗和去世，两人通信三十年终未能见上一面。张充和一直有个心愿，即将大弟写作的《秋灯忆语》出版。为此她回国拜访了宗和的好友即此书中记录的著名作家巴金。

1987 年 4 月 3 日，张充和致信张宗和女儿张以䴠："在上海见到王辛笛，谢了他送我诗(三姐转的)，也见到巴金，巴金与沈二哥年龄相仿，但精神可好多了。"张充和拜访巴金，意在邀请他为《秋灯忆语》作序，希望促进此书尽快出版，可是未能如愿。1990 年 3 月 9 日，张充和致信大弟媳刘文思："宗弟的《秋灯忆语》二十六页奉上，原来印了两份，因分开时二十六页仍粘在我处这一份上，今天预备去印，原来有两张二十六页，真是我粗心。本想请巴金看后写一序，不想他身体有帕金森症，不能动笔，我说'你口说几句，让女儿

巴金与张家五弟张寰和在上海合影

记录'也没有做到。所以一误再误,没有印出,我在国内外印书局没有熟人可托印,这是我一件心事。因宗弟一辈子没有一本书传世,此书虽然谈的家事,甚至只是一对患难夫妻之事,但是由此可见当时一般教书匠在战时的情形,给后人看看亦可了解。"

1994 年 10 月 1 日,张充和又致信刘文思说再写信去催催巴金先生的序言。但到了 1996 年 10 月 30 日,她致信刘文思说:"本是等巴金写个序再找出版处,看来无希望。不知三姐处的是巴金寄回来的还是另有一部在巴金处。因他有病又年老,不便多催。但是他读后有一信给三姐,提及此书,把他的信抄在后面亦可。这都是所谓'因缘',倒不是要借名。"

张充和与巴金联系上后,即请二姐张允和将《秋灯忆语》寄给了巴金。巴金为此于 1991 年 12 月 2 日致信张兆和说收到此稿,并提及充和来访:"这之后四姐来上海探亲,两次到我家来,谈了三十年代的一些往事,我还找出几张她的旧照送给她。我四零年在江安见过她。"巴金所提到的三十年代当是张充和正辍学从事文学创作之时,那时他和巴金有一个共同的好友,靳以。巴金早期与靳以创办文学刊物《文学月刊》,后遭禁,再创刊《文丛》。1937 年 3 月 15 日《文丛》第一卷第一号上即有巴金、萧乾、端木蕻良、张天翼等人的作品,张充和的一篇散文也在这个创刊号上,篇目为《黑》,署名为"陆敏"(张充和的母亲姓陆)。《黑》文写的是一个年轻人的随心随想,读来颇有哲理气息。此时,张充和受胡适的邀请正主持《中央日报》的《副刊》贡献,她在 1937 年 3 月 19 日的《贡献》上发表了一篇书评,篇目为《〈文丛〉创刊号》,注明为"书评",题目下有小字"靳以主编",署名为"杨波"。其中提到"这里散文小说都很可观,当然不能每一篇来介绍,不过我要介绍的是这本书,还并不坏,都是班很努力的孩子,虽然不是头等名作家,最可喜的是很纯洁,他们只知要写便写,没有什么摩登习气,是站在京海之间的一个刊物"。

想必巴金应该读过张充和的这类文字。而巴金在读到《秋灯忆语》时更是觉得亲切,他于 1994 年 3 月 4 日致信张兆和:"翻开稿子(《秋灯忆语》)我便想起三八年我和宗和同船逃出广州的情景,现在我把《忆语》原件交给您,请您在方便时代我还给充和,不过我留下了一份新的复印件,也可以应付那些问我要三八年逃难的材料的朋友。"

张宗和的《秋灯忆语》不只是纪实,还有日记、书信和文学作品等,是张宗和与前妻孙凤竹的悲苦生活记录,也呈现了战时中国的底层实况。其中涉及张家十姐弟的故事,也有周有光、沈从文、巴金、汪曾祺等人的战时掠影。张充和在张宗和去世后曾手抄一本,她说:"我每抄二三千字就会流泪,其中动人处太多……"为此她曾不惜要自费出版这部作品。

张兆和也很支持大弟的作品出版,她在 1996 年 11 月 27 日致信刘文思:"只要有出版社肯出书,经费大家凑一些,能把它印出来就好。"她还建议把巴金写给她有关《秋灯忆语》的两封信用上,"由于有病,但是两信写得非常真挚感人,出书时应当用上"。

秋燈憶語 張宗和著 充和題

张充和为大弟宗和的著作题签（张以䄂/供图）

2013 年,《秋灯忆语》在各方努力下,在宗和女儿们的整理下,终于在人民文学出版社出版①,并附上了张充和、巴金的相关信件。此时,巴金先生已去世多年,而张充和也已是百岁之身,据说她常常躺在床上看这本《秋灯忆语》,每看每落泪。

---

① 此书后于 2019 年在浙江大学出版社修订再版。

张充和与卢前的曲缘

在重庆，张充和与卢前是隔壁邻居，一个在北，一个在南。张充和说，就算不是顺向风也能闻得出卢家飘出的是哪种菜香味。卢前在众人面前喜欢打哈哈，在家里却极为安静。张充和在撰写一组曲人曲事时，对卢前格外印象深，说他是曲家里面不唱曲的。

卢前是吴梅的大弟子，又是享誉一时的金陵才子，诗书词曲无一不精。抗战时期卢前先在教育部音乐教育委员会就职，后又在礼乐馆担任礼组主任。张充和在杨荫浏领导的乐组工作，应该说这两组工作人员几乎没有什么来往。张充和对卢前当时的印象就是身材较胖，但行动和说话都很快，常常敢在参政会上发大炮，只是"空谷亦无回响"。

张充和与卢前第一次见面是在教育部组织的一次劳军慰问演出，当时张充和要演出昆曲《刺虎》，她扮演的是女主角费贞娥，但还需要四个跑龙套的角色，这个时候，胖胖的卢前自告奋勇愿意客串龙套，其他三个则给了郑颖孙（教育音乐委员会主任）、陈逸民（社会教育司司长）和王泊生（山东戏剧学院院长）。这样四个龙套都是教育部的官员，一上台亮相，全场掌声便响了起来，四个龙套一时紧张得不停地冲台下鞠躬，结果又是一轮掌声。原本是一出肃穆的历史悲剧，竟然在开头就充满了喜剧色彩。这一幕倒是令张充和久久难忘。

不过更令张充和难忘的是，卢前有一次唱曲，要充和吹笛，曲目是《邯郸记》里的《扫花》，卢前唱得声嘶力竭，"等于在放嗓子没腔没调的拼命吼（张充和文）"。充和放下笛子只是笑。卢前不解。充和说："你唱的既不在腔中，又何必要笛子？"卢前说"壮声势"。难怪连充和的书法老师沈尹默都要说："而今作曲不唱曲，有个卢前……"

但是充和始终以卢前为曲家，在她的《曲人鸿爪》里就收有卢前的题诗。就是在那次演完《刺虎》后，卢前即兴题写：

鲍老参军发浩歌，绿腰长袖舞婆娑。

场头第一吾侪事，龙套生涯本色多。

后有说明："三十年四月十三日，充和演《刺虎》于广播大厦，颖孙、逸民、泊生邀同上场，占此博粲。卢前时同客渝州也。"

与卢前相处的一段时期，令充和觉得凄惶的生活充满了欢乐的气息。当时住在重庆北碚的礼乐馆，宿舍楼里住有杨荫浏、杨仲子、杨宪益等人，每月聚会时席上有梁实秋、丁西林、老舍、卢前等人。有一天大家吟诗说起卢前的旧句："若问江南卢冀野，而今消瘦似梅花。"充和当即对句："若问江南卢冀野，如今肥胖似葵花。"众人欢笑，卢前一口酒饭喷出来。充和说她自始至终都没有动筷，别人夹菜给她也没吃。充和老老实实地把这段轶事写了出来。

虽是隔壁邻居,但充和只去过卢前家一次,她看到的卢前的家是极其狭窄的,几无转身之处,因为人口多,两个婆婆三个孩子,全家九口人,单是吃饭就够卢太太费心了。当时卢前家在附近小土山搭了简易芦席棚当作厨房,充和发现这位佘女士(卢前妻子)只是默默做事,从没有怨言,让她在六十年后还在怀念这个好邻居。

正是因为家里逼仄,卢前遇到求题字的事就到邻居充和家借地方用,反正充和有现成的笔墨纸砚。只是充和不喜欢卢前的一个坏习惯,乱吐痰。于是,充和在听到卢前清嗓子准备吐痰时赶紧端上痰盂过去,卢前一见即脸红了,从此便改了。充和发现,大才子卢前在为人题画时也会有文思短路的时候,于是就瞪着眼睛问充和"下面是什么",充和明白,他这是自问。当时在北碚有一位画家蒋风白,以卖画养家,常常来请汪东、卢前、充和等人题诗,充和记得,题诗时大家相互斗嘴要贫,作为贫乏生活里的一种调剂,倒也触发了相互之间的风雅灵感。张充和有一首著名的《临江仙》就是在那时为蒋风白题的《双鱼图》:

省识浮踪无限意,个中发付影双双。翠蘋红藻共相将,不辞春水逝,却爱柳丝长。

投向碧涛深梦里,任他鲛泪泣微茫。何劳芳饵到银塘,唼残波底月,为解惜流光。

从张充和后来为卢前的著作作序可见,她是非常尊敬他的才学和为人的,甚至视为师长。而卢前再不客气,在他的记述里也把这位才女视为学妹。卢前有专文《记张玄》,其中可见他对张充和的身世颇为了解,他夸她一手小楷写得很好。说她是"张黑女",也许因为皮肤有一些黑。"她从小跟奶娘(应为叔祖母)长大,一切生活方式都属于'闺阁式'的,爱梳双鬓,爱焚香,爱品茗,常常生病,多少有些'林黛玉'的样儿。"

卢前还观察到:"据我们所知,有好几位北大出身的文人追求着她。而她由昆明而重庆的时候,正有位'老'友。有人问她何以不能离开这老友? 她说:'他煮茗最好,我离开他将无茶可喝了!'结果还是分散了。在北碚时,丁西林是常来看她的。我的家正和她作比邻。有一次,我曾严肃地对她说:'充和,你是不是准备这样过一生了? 在舞台上可以演出传奇中的人,但在我们日常生活中不能这样的!'她说:'多谢您好意,等我将牙治好,我也要重新做一个人。'"

卢前最后一次见到充和是在乱世之际上海的爱多亚路,当时充和正匆匆赶往领事馆办护照,她已经嫁给了德裔美籍学者傅汉思,准备回"国"去。不知道在卢前眼里,这算不算是"重新做一个人"?

卢前去世多年后,在美国的张充和还在不时怀念老友卢前,说他既会写诗写曲,又会弹古琴,是难得的全才。她还手抄了卢前的曲,即《周仲眉琅玕题名》,其中有句"山无半壁平,水不经年净……"这是卢前写于重庆时期的词,说有一晚,周仲眉夫人陈戊双兴致颇高,作《琅玕题名图》一幅,引得众人纷纷在画上题词,卢前遂为之题曲一套,描绘了抗战时期曲人星散的状况,用精炼字词描述重庆曲社诸人,整套曲有着《红楼梦》里《枉凝眉》的意蕴。卢前写张充和用了一句"一个是小叶娉婷",看来卢前是铁了心地把充和归到"林妹妹"一组里了。

张充和为王蒙理发

前几年,在整理张充和传记史料时,在苏州的曲友余心正先生曾和我多次提及张充和为王蒙理发的事,还说,"你看,我们的文化部部长,让张充和理发"。我很惊诧,因为觉得不太可能。余心正先生已过了古稀之年,母亲许振寰早年与张充和一起学曲,也是吴中著名的曲家,无论如何,余心正先生不可能乱说。后来我又遍查张充和的书信和文章,都没有发现这一线索。直到看到《南方周末》的报道才确认是真的。

2004 年 9 月 12 日,张充和书画展在北京中国现代文学馆举行,现场高朋满座,其中就有著名作家王蒙先生。"王蒙也即兴讲述了一段到美国访问时张充和为他剃头的往事。'那时候我和艾青两个人都嫌理发贵,在北京,到四联理发只要四毛钱,所以头发都留了很长。有一次因为要参加外事活动,决心出门理发。''不对,是时间来不及。'张充和在一旁认真地纠正道。全场哄笑。'对,是时间来不及。老先生拿出一套完整的剃头设备,给我理发。所以至今我的头发上还保留着某些被迫害的痕迹。'继而又是一阵笑声。"①

---

① 师欣:《张充和:这样的老太太世间不会再有》,《南方周末》2015 年6 月 18 日。

2004 年夏,王蒙与张充和在北京相见(沈红/供图)

当时王蒙还赠给了张充和诗集，张充和回赠留言提及，"王蒙诗家：收到您的一本插图诗集，因无赠者名姓，只得谢您。可惜这次没见到您，若来美，我的理发机尚在。充和"。在留言后还有沈从文孙女沈红的附注："题于书画展之前，故说没见到您。"后来，老朋友当然是见着面了。有关张充和的"理发机"的话题也顿时活跃起来。

我又去查询王蒙的自传，在第二部《大块文章》的第 122 页终于找到了相关记述："一九八一年初，我们经香港转广州，乘火车回到北京。此时，我的头发已经留得很长，前后四个月，仅仅在耶鲁大学时由沈从文先生的妻妹张兆充女士给我理过一次发，时沈先生夫妇应耶鲁的邀请正在那边做访问学者。说来好笑，我的长发并非由于时髦洋气，而是由于觉得在美理一次发太昂贵：要十几个美元。后来如一九九八年在美，我已经有足够的美元及时理发了。"细心人一看就发现了，王蒙把张充和的名字写错了，"兆充"组合显然是把沈从文夫人与充和的名字记混了。

1980 年 8 月至 12 月，王蒙在美国参加艾奥瓦大学的国际作家写作活动，他的《杂色》就是在那时完成的，当时的王蒙还没有上任文化部部长，应该是北京作协的领导。后来他在自传中提及美国的回忆，写了不少文字，但这段有关"理发"的轶事放在了最后面，即在辗转到达国内后才顺便提及此事。不过这段轶事若非当事人写出来，其他人是无法获知详情的。由此，有关"张充和为文化部部长理发"的传说可以澄清了。

张充和感恩"学生"奥斯基

连读了陈子善先生于《上海书评》第 385 期(2016 年 6 月 19 日)的《〈练习曲〉及其"陈序"》和徐文堪先生的《略谈奥斯基及其马可·波罗研究》(2016 年 7 月 10 日)大为受益,就手头正在整理的张充和资料发现,其中就有关于奥斯基的记录,而且还在家信中对这位意大利诗翁大为感激。

20 世纪 50 年代初期,张充和随夫傅汉思初到美国,暂居加州,生活颇为艰难,有时还要靠打短工维持生计。1952 年,张充和在加州租房子就遇到了问题,"记得我在伯克利(十年前)租屋时,都不太容易。买屋只是限定地点(这违反宪法,但地产公司暗中作祟,不明言你是东方人,就是不卖),若是在高贵处有了东方人或黑人,屋子马上落价"(1962 年 10 月 6 日张充和致张宗和的信)。

因着傅汉思父亲在斯坦福大学任教,张充和与傅汉思前去借住过一段时间,直到后来两人进入加州大学工作,他们才算借债买了自己的房子。但傅汉思并非全职,而张充和经人介绍在该校图书馆工作则属于全职。

终于结束了居无定所的日子,为此张充和分外感谢在此的一位外国学者奥斯基,"我今年也开始记日记,不知可否长久。为了纪念一个老朋友奥斯基先生。我初到美国来第二天即在赵元任家见到他们夫妇。那时他已六十了。以后我们生活非常困苦，找不到工作，他总是帮忙，至少是对我们有认识，不比另外人见到你穷时是一个样子。不久他开始向我学中文，学了四年，别无成就，只是印了一本薄薄的诗集，有四言五言，有骚体，比老苏的强多了。另有一种风格，像佛经体，当然是洋味，但也有纯中国味的。改诗时却也吵了不少架，但并不伤朋友感情。去年十二月，他突然心脏病一二日即逝去了。他大约也近八十岁了。著作等身，用意德法等写法①，（写作当时）被希特勒逐走，后又被墨索里尼逐走。在加拿大因董事会要他宣誓不参加左派，他因不签，又被辞退。他除了写艺术科学同时最成功的是马可·波罗的研究，也是世界的权威"（1962 年 1 月 11 日张充和致张宗和的信）。

这位意大利的汉学先生奥斯基（Leonardo Olschki），喜欢写作中国古诗，颇受张充和的称道，张还拿他的诗与台湾的一位老教师的诗相比较。奥斯基与在加州大学任教的赵元任、陈世骧都是好友，赵元任夫人杨步伟曾在《杂记赵家》中对其多有提及："我们在德国住了两星期……有一位意大利朋友 Olschki 的太太的妹妹是 Noack 太太，知道我们到了，常来看我们。"由此推测奥斯基的太太可能是德国人，与张充和夫傅汉思为"同乡"，由此更为亲近。而张充和初到美国，交往朋友也很谨慎，"若算我也是中国人，至少是念念不忘祖国的中国人。汉斯亦是爱护中国的，他的名字由汉斯改到汉思亦是此意。我们在这里来往的人亦极当心，只是纯学者纯

---

① 即用三国语言写作。

文艺的人才来往,至于演戏,我亦是再三慎重"(1961 年 11 月 10 日张充和致张宗和的信)。

张充和的大弟张宗和接信后回复:"奥斯基先生听你说来是个好人,有骨气,有学识,值得纪念。"应该说奥斯基的热情、真诚及其渊博的学识打动了张充和,充和因而教他中国诗词多年,并在他去世之际开始记日记纪念。

就在陈世骧去世后,陈的朋友也在忆起这位"意大利诗翁",说奥斯基"地位与年岁与魏(乐克)翁相若,和世骧也是'忘年交'"①。

奥斯基出版线装本汉语古诗集《练习曲》,陈世骧作序,张充和题签,可谓相得益彰。

而张充和初到加州与陈世骧的一次合作,即为陈世骧的英译陆机《文赋》书写中文,中国书法之美,媲美精彩译文,可谓和合之美。听说这一版本《文赋》即将在国内出版物出现,我虽然已经收得早期版本,仍然期待能有新的版本呈现。同时期待奥斯基的《练习曲》能够全文呈现,诚如徐文堪先生所言:"而奥斯基近六十年前出版的专著,国内似乎尚无人征引和评论,颇为遗憾。"

此文本该就此结束,可是我一直惦记着这本小册子的再度出现。2019 年 1 月,果然有人要出手了,奥斯基的《练习曲》,要价不菲,但我还是果断拿下。而且这本书是作者签赠给德国汉学家傅海波的,有一张小卡片为证。更为难得的是,这本册子中有张充和

---

① 陈世骧:《中国文学的抒情传统》,北京:生活·读书·新知三联书店,2015 年,第 379 页。

张充和为洋弟子奥斯基诗集题签

亲手改动的字迹。这是一首名为《异乡》的五言诗："日暖不温心，星光如墓灯。花开无色香，鸟啼谁知声。"其中"无色香"下被以毛笔点注五字：原作"但不香"。

作者奥斯基在此书中还特别注明："给我的中国朋友们。"足见奥斯基对中华文化的痴爱。

陈世骧于1959年3月为此书作序："奥斯基先生本籍意国。生地威隆纳，为文艺复兴一代名都，古多义士情侠，莎翁恒咏其骏烈。先生居威尼斯及翡冷翠，复游学德法诸国，于欧系西史哲，博洽贯通，尤精拉丁语系之文学。"

从陈世骧的序中可知，奥斯基曾辗转德、意、美等各国教学和讲学，于1939年迁居美国加州伯克利城，并在加州大学任教。在伯克利期间，奥斯基开始把治学目标渐渐转向东方乃至汉学，并对马可·波罗东游历程投入极大的精力钩沉研究。其花甲之年开始学习华文，且以能诗为长，"岁积成册，逊称曰《练习曲》。盖稍模古型，而字俱今读。惟立心诚而情境新旷，所感真而言皆己出，故率意流露，亦成章奏"。

陈世骧还介绍说，奥斯基曾从张充和与李祁为师学习诗词，"诗中字句，间有为之理顺，亦多二女士之功"。

只是奥斯基为人耿直，虽对于修改意见坦然接受，但也常常坚持己见，还复旧词。在书中他也坦然写道："请朋友，无讥笑。口虽吃，心实觉。"实在是一位可爱的诗翁。

张充和与杨联陞对佛歌①

肥仙偈

莲生大士云学仙自觉太肥生,乃进偈曰:

人讳云肥　仙自云肥　云肥不肥　不云乃肥

体肥不肥　脑肥则肥　云胡不肥　胡不云肥

得失偈

既得《肥仙偈》,大士复有迷金之作,今又得歇脚行者、石禅法师佳偈,合十虔诵,字字生莲,句句光明,故重宣其义云:

得失文章事	寸心已渺茫	闷来随地吐	扫去一时光
故国苦千里	天涯睃几行	偶然鬼掷瓦	不觉佩鸣廊
歇脚心不歇	蚊帐冬不藏	真言俗而典	钗折漏淋浪
翩然闲遇我	煮酒熨归肠	人生若相见	相见海成桑
仁智诸天相	层层糊壁墙	霍山农者静	静处自芬芳
更有石禅子	刻意觅荒唐	丝剥红楼茧	藤穿白玉床
对面问其人	其人在何方	和尚包袱伞	惟我最能忘
咄咄禅中意	休教注脚脏	大士拈华笑	诸法示人忙

---

① 文中诗句皆引自杨联陞:《哈佛遗墨》,北京:商务印书馆,2013年。

小人牛马走　枯滞闹肠慌　安得医诗者　补泻两相当

千千尘世债　一一雪堆窗　先铲门前径　邮将纸半张

论箓与犬吠　何如诘子庄①

辛酉重录易数字

充和

1973 年夏,杨联陞至瑞士游玩,偶得绝句,有句为"学仙自恨太肥生"(引自《抱朴子》中"无有肥仙人富道士")。诗寄张充和(杨称充和为"充老"),很快得到回复,"充老以《肥仙偈》四言十数语(惜未存稿)相贻,晓以破执。余读之有省,又适有所感,遂作《歇脚偈》为答,分寄师友"②。台静农和于台北,潘重规和于巴黎,"张充和又以《得失偈》五言分酬台潘两教授"。"计自癸丑(1973 年)秋至甲寅夏,时近一载,邮件往来,越两洋,亘美陆,友声历历,宜有集存。"杨联陞称张充和的《肥仙偈》"颇有禅意"。潘重规在和唱时有言:"充老才高,大士学饱,忽叩禅关,诸天震掉。"萧公权和之称:"承示张充和女史《得失偈》,真才女之作,断无雌伏之理也。充老'安得医诗

①　偈,佛家用语,亦称颂,皆为短句,看上去很像唱词,形式活泼。以上为合肥四姐妹之四妹,著名昆曲家、书法家、耶鲁大学学者张充和女士(今年一百零二岁)写作的偈,她写作此偈是为了回复杨联陞先生(原名莲生)。杨联陞早期毕业于清华大学,后赴美就读于哈佛大学,并获哈佛大学博士学位。执教哈佛大学期间,被誉为"汉学界第一人"。在美时,学林友朋常至其寓所聚餐,饭后在纪念册题字,"往往联句接龙",傅汉思、张充和夫妇曾多次参与其中,在杨联陞的著作《哈佛遗墨》中即有收录。

②　《台静农教授八十寿庆》,见杨联陞:《哈佛遗墨》。

者,补泻两相当'之语,不啻为弟诗而发,不卜吾兄肯赐刀圭以疗痼疾否？不胜企盼矣。"

充和从小被叔祖母识修抱回合肥老家收养,当时就住在合肥的明教寺附近,此寺原名铁佛寺,又称明教台,是为曹操点将台,其曾有专文提及。识修虔心信佛,常带着充和出入佛门净地,还结识了小尼姑,因此充和对佛教用语及乐歌也颇熟稔。耶鲁访问学者、翻译家刘文飞先生曾专文介绍晚年时的充和唱经:"她向我打听合肥的变化,说出一些我从未听说过的街巷名称,但她提到的明教寺(俗称菱角台)我是知道的,我告诉她我上中学时这家寺庙曾变成一家五金厂,破败不堪,她闻之摇了摇头。她说她家当时就在寺庙附近,她常被寺庙中飘出的诵经声所诱惑,便跟着学唱。说到这里,她情不自禁地唱了起来,唱了好几分钟。她吟唱的佛教诵经声让我震撼:震撼之一是,一位近百岁的老人竟有如此温润、纯净的嗓音,宛若天籁;震撼之二在于,常在佛教寺院听到录音机反复播放那枯燥诵经声的我,一直无知地以为佛教音乐难以称之为真正的音乐,但听充和先生吟唱她童年偷学到的诵经声,却顿时让我对佛教音乐刮目相看。"[①]

再回到张充和与杨联陞对诗环节。此雅事以杨联陞先生具《坦白词》十六韵结束,数月之间,唱酬不歇,可见相互之雅兴,相互之友谊,亦可见张充和与朋友交往之细节。

其实,杨联陞早期即有赠诗予张充和,如:

---

① 刘文飞:《耶鲁笔记》,桂林:漓江出版社,2014 年。

寄张充和三绝句

（1955 年 9 月 2 日）

（一）

不许钟声惊晓梦，贪随蝴蝶访庄生。
吾庐吾榻吾酣睡，谁料潮来睡不成。

（二）

一家四口教书匠，木屋八间已是多。
但愿卅年行好雨，莫教厨下再成河。

（三）

吟笺且取东瀛制，彩笔随缘海外居。
犹有江南肠断句，何如京国旧时书。

早起成绝句赠张充和

（1968 年 5 月 1 日）

万壑争流传古韵，百花齐放听新莺。
今宵定有还乡梦，春在山阴道上行。

寄张充和

（1974 年 3 月 1 日）

郎染髭须侬染发，平生娇鬓丝如油。
师姑自有旁人做，留得青山到日头。

谁染髭须谁染发,镜中衰鬓任霜侵。

师姑重唱思凡曲,认取当年少女心。

和充老诗韵

(1981 年 9 月 30 日)

五言才索和,四绝已惊人。

莫让渊明乐,词争清照新。

皖潜诚毓秀,弹曲赖传真。

华年能共忆,秋晚亦成春。

类似的诗句肯定还会有,可惜未能见到充和的复句。忽然想起来 1955 年 4 月 11 日的杨联陞寓所,茶余饭后,大家开始"顶针续芒":

烧饼很好　梅贻琦

好好好好　张充和(傅汉思夫人)

好饼好菜　金毛云琴(金龙章夫人)

菜好酒佳　傅俞大采(傅斯年夫人)

佳人才子　杨联陞

子曰不可　傅汉思

……

  这样的雅集，让我们可以一窥杨联陞与张充和的"诗情厚谊"，更让人追念那一代的大家风范，还有"前辈先生的捷才与风趣，真令人追怀无尽"（杨联陞语）。

第三辑　春秋世说

张充和中学时期的十封信^①

(一)

二姊！

看你忙得多起劲，整个的暑假都在外面，每一封来信都是忙。办学校还有别人呢，这么大热的暑天不回来，家里的夏天真惬意！

在考期的前一天，一定到光华实中，斜桥那条路我是每天走，走了半年的，放心！决不会找不到。

我在为你发愁呢；我怕你将来做了先生，会给学生窘住，又愁着你身体太小，站在讲台上不像，如果近视眼的学生，我想除去你那一峰高鼻子以外，他是不会看见你的。

小妹 八，七^②

(二)

锦！

当整个的上海蒙上了黄昏的薄暮时，我到了北站，在车上谁也把我当做男孩子，还有人问我是不是在苏中，我不大说话，只用点

---

① 此文原名《信》，发表于《光华实中校刊》第一期，署名"黑黑"，应为张充和的笔名。

② "八，七"即指八月七日，后同，不再一一注明。

上海光华大学校训和校门

头摇头表示回答。所以不容易被看穿。

到了光华实中时，已经黑了，二姊不在这里，我真急呢！只有二姊的朋友招待我，把电灯关了，两张藤椅子放在走廊上坐着，对着月亮听他说笑，说东，说西，但是总觉得不惬意，二姊不回来，我看到的另外几个人，大约是先生，又不大像。

昨天早晨骑的马，所以晚上在睡梦中还在骑马，二姊在晚上十一点钟才回来，这时我已睡着了，被她脚步声吵醒了。她和我谈学校里的事。大约谈了一个钟头，还是她想到明天我要考试，就停止了谈话；于是我又穿那套学生装扬鞭在虎丘马路上了。

考的题目非常难，尤其是数学，都是些初中里所未读过的英文题目。不要说动笔做，连看也看昏了。我想怕不会有希望，听说虽然是新办的学校，可是录取新生非常严格呢。

我预备在上海逗留两天，等待着录取与否的消息。回来时留什么给我吃呢？这样热的天气水果是很适宜的。

黑黑 八，十一

（三）

三姊！

我想着北平是不会像南方这样热吧。我又做了三天光华实验中学的学生了，这是个新办的学校呢，朋友们叫我不要进，可是不知怎的，正和我第一天踏进乐益的门时给我的印象一样，无论人怎样阻止，我坚持着要进。这三天来，学校给我的神秘，真是不可解释。正如一个化学教授在实验室里实验时发生种种的现象,不懂化学的人,一定以为是神秘的魔术。

姊姊,我是高中的学生了,但是我夹了这么一本厚的英文(*The Story of Mankind*)上课,很有点难为情,懂又不懂,生字一天有几百,这半年要读完它呢。这是从来没有过的事。

上课时不能闹了,第一次上国文课时,国文连着两课,国文先生不下课,连着上。我是因为骑了一暑期的马,心也正如跑马一样的勒不住缰。听着敲下课钟,又听着窗外的初中下课的脚步声音,不自禁地回了一回头向窗外看,国文先生就望着我说,"谁要下课?"我知道除去我心里有了这个意思外,谁也不急着要下课,于是我摇了一摇头说个"不"字。他转过去在黑板上写字时,我就伸了伸舌头。你想,假使我说要下课,他便怎么呢? 也许会叫我一个出去的。多难为情!

小妹 九,十二

(四)

三姊!

这里地方虽然小,却住得惯,先生和同学们都渐渐熟了。再不像才来时那么沉闷,但是顽的地方都没有。虽然在上海住了好久,还是一个乡巴佬儿,到现在只认得个法国公园和四马路的各书店。袋袋里只要有钱,就去买书,可是一买来就给人借去,看的书倒不一定是新买的,新买的倒不一定看得到。

一齐初高中只有三个女生，她们都是比我会用功，我现在想正学着用用功。可是在人家用用功时，我看到她们怎样用功，自己便想不起用功；在她们不在用功时，我更不想到用功了。我太不知道什么了。

小妹 十，一

(五)

三姊！

学校是我的 Eden① 吧，无论是地方怎么小，我却能很尽情的玩，舒畅的运动，定心的读书，希望给我的光明，比这自修室里灯光要亮得多，将来给我的广阔，比这不满两方丈的院子要大得多。

昨天到吴淞去玩，到你的学校里去玩，你的宿舍是不像个样子，操场上大坑，小坑，都是科学家的炸弹所炸的，到处都是推倒成废墟了。我和你，华三人比赛翻筋斗地方，现在有一匹黄牛，寂寞的立在那里，时而站在那里对着塌倒下的图书馆长叫两声。

姊姊，你知道，我要就不玩，玩时就不会有一分钟的静止。昨日的吴淞之游，要算我最快。要唱时，拉开喉咙唱几句，要吹口琴时，就把口琴拿出吹一下，要谈话时，不管先生还是同学，除去仅仅留一点自然的相当敬礼意外，什么话都说，和家里的父兄姊弟一般。在这时，不听见国文先生的"之乎也者"，不听见英文先生的"ABCD"，更不听见代数先生的"XYZ"。先生绝对不提起书本，学

①　即伊甸园。

生绝对不想起书本。那些死的印刷品，是永远不适宜在这个地方应用的。我所见到的是什么？是劳苦的农民，是浩荡的流水，是战争的遗迹，是伟大的自然。

我们凭吊一回断垣颓垛，就到你常常到的那个江边去，大家都坐着或立着吃面包。白的浪花，顽皮地拍了我一下。格子布的衣襟全湿了，姊姊这又岂是用一个狭义的艺术眼光能欣赏的？

载了满船的笑声归来。连绵不断的落着牛毛细雨，凭着我们的一般生气，在斜风细雨中光着头回来。

小妹 十二，九

（六）

三姊！

两月来一向不大运动，现在学校里叫我们每天六点钟到体育场去运动，女生去的只有我一人。一位体育指导先生教我拍网球，现在进步得多了，虽然还及不到你，可不再十下就有九下打不到。有时，我也拍篮球，一共不知四次还是五次，前两三次连球也不无接触着我的手。到底是男孩子们，气力大，人又高，一向在女同学中，还算我的球好点；我不相信我们女生一定不如他们，所以就是我一个女生，就是我终场都抢不到球，我都还是来的。看的人都觉得我的拍球很好笑。但是奇怪的事，到了最近一个早晨，我们分开拍时，结果以十四对六，我们一面胜，然而我们丢进六个球，十二分不是吹牛，这真是给一个重大的欢喜。我恐怕还是偶然的事。

早晨拍了球，一天都有精神。写这封信是特地报告你我们体育消息的。等到我再有什么好记录时，再告诉你吧。

小妹 十一，五

（七）

三姊！

你叫我答复你的那许多事，现在因为壁报昨天要出版，今天除去自己写稿子以外，这要向他们乞食似的要稿子。现在我知道作诗的困难，情愿自己埋头做事，不情愿来管理这些麻烦的事，下星期一定不干这事。

五弟近来不像以前的顽皮了，但是总不能改得完全，我为了要拿着姊姊的牌子，有时也气闷起来，但却有方法把沉闷的空气改换；这半年来已回苏州四次。都是一点事不为的。学校生活不知怎的，总不会厌烦。回家去不到两个钟头就要想到学校了——真的，我读这半年书，竟没有回家去过两个钟头。家里事我都不大明白，有信给你不？

小妹 十一，十一

（八）

白维老师！

你要我报告我现在学校生活给你听，如果写起来又很长，而且不能具体的写，只能断片的告诉你。

现在我居然演说了一次，老师！你可记得，那次在大礼堂上，我讲的那一个英雄的故事吗？我想起也好笑。这里一点好处，不像你们以前那样很近的在演讲台旁，眼不住的望着演讲者，真是用不到讲出，脸早已红了。为什么你们那时要窘人如此？

这里的先生们，也正和你那时期望我们一级的成绩一样，都要胜过一级。这样也要你好，那样也要你好。坏的功课要你好，好的功课更要你好。我感到这里最好一点，就在此，先生肯牺牲精神和时间，随便你怎么去问，他总肯详细的对你解释；不是那种贸易式的教育。先生都是为了教育而教育，学生如果也为了读书而读书，不是我吹牛，光华实中不知将来是如何的一个学校呢。

昨天校长叫人叫我到校长室里去，我倒吓了一跳，当时我吃大菜呢；踏进门才知是谈演讲的问题，问我稿子做了没有！当我说没有时，他就供给我许多材料。我不知不觉的站到那斜摆着靠着墙壁的桌子的一个小角落里去了，和你的台子是同样的一个角落，老师！大约你记得更清楚吧。锦，怡，我，现在只落锦一个人还时常在那办公室门前走来走去了。在课后，为了争占桌子的角落，竟致打起来。想想那时的大家都是太孩子气了，怎料到一年不到，三个人各自随了环境的迁移，已把各人成了一个小小的生活转变了。她俩有信给你不？我知道怡一定懒惰，她已好久没有给我信了。我觉得锦没有我的生活安定。她常有信给我很好。

学生 黑黑

（九）

锦！

好像女学校里没有这种现象，中学部总共只有两班学生，不能一致的合作，大致原因是为了学生会的主席问题。在这一个小小的团体里，俨然和选举什么大总统似的，分什么派了。看他们忙得多起劲，我总不参加会议，他们乱闹一阵，又没有什么结果就散会了。我记得我们以前的学生，并不如此的，大约是因为他们太有生气点的缘故吧。由此我得到一个推论，虚荣心是男女都有的，不过男学生的虚荣心是在乎掌握威权，女学生的虚荣心是在乎的分数。你看大多数的男学生，太热心开会了，那整个的时间却给开会开去了。女学生大多数是为了分数，课外得不到分数的事是不做的。锦！你却不是这样的人，不是我拍你的马。

自修课我在图书馆上，上自修课真是只好骗骗先生，骗骗自己，两个钟头坐在图书馆里，自问成绩，真是好笑！今晚还算好，除了写给你这封信外，还查些英文生字。

我想到一件有趣的事报告你，一位教我们国文选的先生，他在上课或下课时的"起礼"一定要整整齐齐，这是学校规矩，非行不可的礼貌，到处都有的。但是有一位国文先生，他第一天就告诉我们不要"起礼"，到了后来，他上课时，我们忘记了，很整齐的立起来。他很无理由的笑着说，"谁以后再要立起来，国文分数给他不及格"。我想这真是一件不可解的事！假如我们在上国文选课时，谁不立起来，也是同样的受到一个不及格的处罚呢。

好了,我还得写信给别人。

黑黑 十一,十二

(十)

三姊!

这封信是向你诉苦的,也许是告状的,被告是谁呢?是我们房间的老鼠;真是讨厌得很,老在书架上跑来跑去,写好给你的一封信给它撕得不成样子。还在日记簿的封面上撒了一摊尿。真拿它没办法。

同房间的一位同学,她从亲戚处带了一匹猫来,今天才来,一半怕羞,一半想家,怪可怜的。我不去窘它,它是个女孩子,性情温柔,但是一对眼睛非常英俊,听见那里有响动,眼睛非常凝神地看,跳起来也很勇敢,因此我们的英文先生给它个名字叫罗蕊林(Rosalin)。也怕多人,在没有人时,我从床底下把它抱起来抚慰它,马上就和我熟了。

今日果然没有老鼠声音了,这是罗蕊林之功也。以后,还把许多粟子谷拖到书架里去。尿,屎,真糟透了,和它拍照给你。

小妹 十二,十七

汉学家傅汉思

德犹世家傅汉思

1949 年 1 月,长居北平的"洋教授"傅汉思第一次来到江南之地苏州九如巷张家。

这处院落曾见证了作家沈从文上门求婚,也见证了周有光先生与二姐允和的朦胧情愫。

现在,三十六岁的张家四姐张充和携洋女婿傅汉思第一次"回娘家"。洋女婿的到来,引起了张家上下的好奇和担心。前前后后,四姐身后不缺的是追求者,最终四姐选中了一位洋人,并很快在北平成婚。

四姐嫁给了洋人先生,高个子、大鼻子,汉语怎么样?脾气如何?将来去了国外他会如何对待四姐呢?

张家五弟媳妇周孝华女士特地做了一道粉丝汤,杂烩汤似的,准备试试洋女婿的筷子功夫,顺便也试试他的脾气、性格。没想到洋女婿用得很利索,而且汉语说得很好。短暂的几天相处,已经能够看出他对人的温和、善良。四姐充和还特地做了个动作,用手掌轻轻地拍了一下汉思的脸颊说,你看,他很老实的。言语之中,有着充满自信的幸福感。

傅汉思出生于德国，有着犹太人血统，德籍犹太裔文化圈出过不少文化世家，傅汉思家族即为一支，曾出过影响深远的语文学，尤其是古典文学著作。

跟随张充和学习昆曲多年的陈安娜女士记述："傅汉思一家在他十几岁时移民到了美国。他的父亲和舅舅都是研究古希腊文学和哲学的著名学者，在欧洲学术界负有盛名。不过他父亲跟他说：'你以后不要研究希腊文了，学一门别的科目吧。'傅汉思学的是罗曼斯语言和文学，获史丹佛大学①博士学位。1947 年他应邀到北大教授西班牙文学。"

冥冥之中，傅汉思似乎与中国有缘，他辗转多个国家后受邀来到了中国。金安平女士在《合肥四姊妹》中记录："傅汉思出身于德国的犹太知识分子家庭，战时成为流亡者。一九三五年他的家庭离开德国，当时他十八岁。他们在英国待了一阵子，然后在美国加州定居。汉思获得了西班牙文学的学位，不过他同时也精通德、法、英、意文学。他到中国来，是为着寻求一番奇遇，也是挑战一种更难的语言。"

傅汉思对学术的追求无疑是具有挑战精神的，他敢于突破家族传承的世学，去探求一个比较陌生的领域，可见他对学术是存着创新和勇敢的，当然，这一切可能缘于他对中国及汉学的兴趣。著名学者刘皓明曾对傅汉思家族及其学术思想有过专门研究，他在

---

① 即斯坦福大学。

张充和、傅汉思与友人在北京合影（摄于 1948 年）

《从夕土到旦邦——纪念傅汉思》一文提及："傅兰科尔—傅雷恩科尔家族下一代的代表人物是傅兰科尔与傅雷恩科尔的姐姐所生的儿子，Hans Frankel（移民美国后去掉了姓氏中元音 a 上的圆口变音符号），汉名傅汉思。年轻时随家移民美国的汉思由于出身于这样一个古典语文学世家，在大学毕业后便选择了罗曼语文学的一个分支文艺复兴时期西班牙语文学作为其主攻方向；又由于早年接受了坚实的欧洲式的人文教育，其于 1942 年，二十六岁时，即获得加州大学伯克利分校的哲学博士学位。他博士论文的标题是《却维多正经诗中的喻像语言》(*Figurative Language in the Serious Poetry of Quevedo: A Contribution to the Study of Conceptismo*)。其主题人物却维多(Francisco de Quevedo, 1580—1645)是文艺复兴时期西班牙的一个诗人和小说家，塞万提斯的同代人和朋友。凭着这篇论文，汉思一毕业就得到了伯克利的教职。

"然而他后来竟然没有继续这一专业。起因是他在上个世纪四十年代受胡适聘请，来到北大西语系任教。在任教北大期间，同冯至等许多学者友善，并结识了后来成为他妻子的张充和。携充和回美国后他改弦更张，从西学转到汉学，基本上靠自学成为六七十年代美国最重要的唐诗学者之一，著有研究中国中古诗歌的专著《梅花与宫闱佳丽》(*The Flowering Plum and the Palace Lady: Interpretations of Chinese Poetry*)，该书出版时他早已在耶鲁东亚系任教多年。"

反映傅汉思的斯文家世有一件寻常小事。1963 年，傅汉思与张充和住在加州时房屋遭遇水淹，毁掉了不少东西，其中最重要的

傅汉思玩味着中国传统亲属称呼中的微妙情感，这其中满是情感的得意与幸福享受。

只是在时隔近半个世纪后，周有光与张允和的孙女周和庆问起这段沈家姻缘时，傅汉思却是另外一种顽皮的回答。"1996年，我和张晖开车漫游东部找工作，那是我们最后一次见到汉思，算来已经是八年前的事了。有一次，我问汉思：'当年你和四姨奶奶谁追谁？'他带着诡秘的笑容，慢条斯理地告诉我'难说'。哇，真酷！"

从未明湖到霁清轩

1948年5月20日晚，张充和在沈家过了一个特别的生日。她已经三十五岁了。这对于一位女性而言，不算太大，但也不算年轻。她的姐姐和弟弟们都已经成婚了，在众人眼中，她一度被认为抱定独身了。

时局在发生着变化，历史在经历着抉择。战争的惨烈似乎在延续着抗战的残血。北平依然是风雅的，平静的，未名湖的清水，霁清轩的阳光，一切宛然无声，但总有一种最后的沉重袭忧而来。

沈家宅院，温馨依旧，祝福生日，吃长寿面，开始有趣的游戏，沈从文还要求每个人都唱一首歌，就连洋客人傅汉思也不例外。

此时的傅汉思正在大量地阅读沈从文的作品，希望走进沈从文的精神世界。他深知恋人张充和钦佩沈从文，他想从作品入手，继而深入了解这个亲切的家庭。"我开始阅读沈从文著作，先读英译本，然后读中文原著。在他的著作中，我看到了我过去很少了解的中国生活、文化的各个方面。也是我一生第一次结交一个作家。"

1948 年的仲夏，北平依旧算得上安逸，傅汉思不时随着沈家去天坛野餐，去颐和园小住，去霁清轩享受阴凉，他尤其喜欢在这样的氛围里听沈从文讲解中国古代的艺术同建筑。同时还有一点，他已经不自觉地随着充和称呼兆和"三姐"了。他致信父母说：

> 北平，一九四八·七·十四……我在北平近郊著名的颐和园度一个绝妙的假期！沈家同充和，作为北大教授杨振声的客人，住进谐趣园后面幽静美丽的霁清轩，那园子不大，却有丘有壑，一脉清溪从丘壑间潺潺流过。几处精致的楼阁亭舍，高高低低，散置在小丘和地面上，错落有致。几家人分住那些房舍，各得其所。我就把我的睡囊安放在半山坡一座十八世纪的小小亭子里。生活过得非常宁静而富有诗意。充和、兆和姐妹　他心机　几　　　　　　　　　　　　　我们几乎每天能吃到从附近湖里打来的鲜鱼……

霁清轩自成一园，位于颐和园东北隅，其风格颇似江南园林式样，据说灵感源于江南寄畅园。园林有清琴峡、八方亭、垂花门、爬山廊等景观，慈禧时期曾增加了酪膳房和军机处，在此可兼办公和用膳。如今，这里归了国民政府官员所有，因着杨振声的关系，沈从文等一批文人学者得以小住创作,充和与傅汉思也跟着进去了,并在此继续"用膳"。

1948 年 7 月 29 日,沈从文致信张兆和,"今天上午孟实在我们这里吃饭。因作牛肉,侉奶奶不听四小姐调度,她要炒,侉红烧,四姐即不下来吃饭。作为病不想吃。晚上他们都在魏晋处吃包子。我不能说'厌',可是却有点'倦'。你懂得这个'倦'是什么"。沈从文充满谜语式的信中道出充和对于吃饭细节的讲究。此后,在沈从文的信中,还出现了"'天才女'割洗烹鱼头、'北大文学院长'伐髓洗肠(后由天才女炒鱼肝,鱼油多而苦,放弃)"的细节。不用说,"天才女"即充和,文学院长即朱光潜,可见充和在写字作诗的同时已经开始参与掌勺了,尽管结果不太理想,但毕竟是开始了厨房事务。这也算是为她将来的婚后生活开了一个不错的头。

很多年后,张充和致信大弟宗和时还记得这里的一件新鲜事物,抽水马桶。"我们住颐和园霁清斋(轩),在谐趣园后边,是唯一有抽水马桶的地方。是汪应泰的姨太太曾住过的。所以到大门口有卫兵的地方,人人都知。后来老杨(振声)养病,借住。沈(从文)冯(至)两家都去。因此我们也去。那个水箱每次用过要提一桶水放进去,然后再抽。有时抽几次就要好几桶水。汉斯觉得好玩极了。"

霁清轩是一处充满历史转折意蕴的胜地。

在此地过暑假的小龙朱发现,四姨与洋叔叔傅汉思开始恋爱了。

因为张充和，傅汉思开始了古典文学的研究；因为遇见了一个热情开朗的人，张充和开始介入柴米油盐。

圆明园之夏，热烈而明媚，琴音徐徐，墨色葱绿，充和信手点染《青绿山水》，山峦叠翠，古木交柯，古人闲舟画中游，今人徜徉朦胧意。

二十多年后，充和回忆这一切时欣然赋诗：

> 霁清轩畔涧亭旁，永昼流泉细细长。
>
> 字典随身仍语隔，如禅默坐到斜阳。

乱世新人

1948 年，北平的冬天分外寒冷，不少人已经开始闻风而撤，古都上空不时传来军机的轰鸣，长江以北的局势已经彻底改变。北平，兵临城下，势在必动。

似乎这样的紧张气氛和节奏更适合人们做出决定。

这年的 11 月 19 日，是个好日子，长长久久。德裔美籍教授傅汉思与中国籍北京大学教师张充和在北平成婚。

这一年，张充和三十五岁，傅汉思三十二岁。

他们原打算在次年春隆重地办一场像样的婚礼，但迫于形势匆匆决定提前，充和说道："此次因领事馆通知撤侨，而我的护照急需结婚证，所以只在一二日决定。"

傅汉思自述："为了使婚姻在中美两国都合法,我们准备一个中西结合的仪式。有美国基督教的牧师,美国驻北平领事馆的副领事到场证婚。从文、三姐在结婚仪式上也是重要人物,我在信中对父母这样描写:

北平,一九四八、十一、二十一

……是的,我们前天结婚了,非常快乐……仪式虽是基督教的,但没有问答,采用中国惯例,新娘新郎在结婚证书上盖章,表示我们坚定的决心。除我俩外,在证书上盖章的,还有牧师,按照中国习俗,还有两个介绍人(从文和金隄),两个代表双方家属的,沈太太和杨振声教授(他代表我的家属)。参加婚礼的还有充和两个堂兄弟、沈家两个孩子和几个好友,连邵牧师夫妇一共十四人。邵牧师夫妇在他们西式房中为我们安排了非常好的仪式。没有入场仪式。我们俩站在小桌子前面。牧师站在桌后,面对我们。他用中国话宣讲基督教义同婚姻意义,他想那样所有在场的人才能够听得懂……"

张充和一定没有想到过自己的婚礼会是这样的匆匆而独特,她打小即向往自由的情感,在漫漫的羁旅中,很难说她没有过心动,但现在她采取了行动。在她的印象中,最初的傅汉思"主动、热情开朗",谁又能说她不是如此呢? 当初她曾避讳章士钊所言的

"昭君嫁胡人",那是对包办的避讳,对旧时不自由的反感。现在,水到渠成,自自然然,她嫁给了"西域"的"胡人",只不过这是她自己的选择,或是他们共同的选择。

当时,张充和向亲人们通报:"仪式简单、庄严、静穆。采取宗教仪式之初意,为因美国法律,只承认此种方式。然而倒正合我简单庄重的意思。"

当日亲友中连新郎新娘在内是十六人。

充和对宗教似乎并无皈依之意,但她尊重个人信仰,正如她崇古却不抵触革新。他们从恋爱到结婚,不到一年时间。他们用中文和简单的英文交流,还时时备着中英文词典。他们似乎都属于那种慢性子的人,一旦决定了,便毅然决然。

婚礼上,唯一的俏皮亮色在于孩子,是可爱的虎雏,"后来吃结婚蛋糕,小虎最喜欢吃,他说:'四姨,我希望你们天天结婚,让我天天有蛋糕吃。'"

城内喜宴尚未开席,城外已是炮火连天,围城已成定势。水电时断时续,暗夜已然来临。傅汉思与张充和已经在想着去美国了,现在他们属于同一个家庭同一个国籍。只是没想到事出突然。那年正好是北京大学创办五十周年校庆,原本还有一些活动要举行,但红旗突然悬挂在了校园里。充和正在家里煮粥,急促的电话铃响起,是美国大使馆的领事人员,通知他们紧急撤离,说仅有一个小飞机场还在使用。

往南,先飞青岛,再到上海。到了上海,张充和与傅汉思都感冒了。尤其是张充和，"重伤风，三孔出血（鼻、口）"，还有行李落在了北平，身上衣单又破。带着委屈和凄然，张充和与傅汉思先回苏州家中小住几日，算是回到了真正的"娘家"。

接着，他们转回上海领事馆办理赴美手续。1949 年 1 月，充和与傅汉思乘坐"戈登将军"号轮船离开中国，前往美国。

从汉斯到汉思

傅汉思原名傅汉斯，也用过"汗斯"，有人说是张充和在美国的好友陈世骧为其改名汉思的。文学评论家陈世骧曾与张充和合作出版《陆机〈文赋〉》，他的译文配上张充和的书法原文，相得益彰，美不可言。因为共同爱好中国传统文学，他与傅汉思也是好友。

但更多的人倾向说是，张充和为汉思改了名字，一字之易，道出了张充和的几许家国相思。1961 年 11 月 10 日，张充和致信大弟宗和，"我知道国家是在好转，只是供不应求，并无看不起的意思。若算我也是中国人，至少是念念不忘祖国的中国人，汉思亦是爱护中国的。他的名字由汉斯改到汉思亦是此意"。

初到美国，傅汉思即开始中国中古史文化研究，进行《中古史译文编目》，并在学校开设中古史课程，从三国到五代。他时与在国内的大舅子宗和通信。宗和毕业于清华大学历史专业，当时任教大学历史，对傅汉思的译作很感兴趣，并为他寄了相关的史书，如尚钺著《中国历史纲要》、杨志玖著《隋唐五代史纲要》，解决了傅汉思的资料问题。

后来,傅汉思又潜心研究中国唐诗,他以孟浩然为主题介入翻译,最终完成了《孟浩然传》。在这一工作中,他不时与宗和交流心得,并为他邮寄英文大辞典和莎士比亚的剧作集,同时鼓励宗和进行中国少数民族历史文化人物研究。有时宗和单独为他写一封短信,他即受宠若惊,大为感动,他会用不太熟练的笔画写一封信给宗和,繁体字,笔画温和、谦逊:

宗和弟:

我很久没有写信给你,但是非常喜欢看你的信,每封写得那么好。谢谢你给我们找一部《梁书》,对我很有用处,平常我们要看的书这里差不多都有,不必麻烦你。

我已经寄了三张地图给你,一张是全美国,一张是美国东北部,一张是新港,我们房子在北港,我们家离学校五英里①,开汽车要一刻钟,骑自行车 25 分钟。也有公共汽车。

我们的生活渐渐安定下来,充和很会弄一个家,也很会算,不乱花钱。我有时候怕她太累。

现在只有一个多月就要上课了,我要教一门"唐宋诗词",自己懂得太少,要多学一点。我的兴趣还是从三国到五代那一段历史和文学,什么时候能多和你谈学问谈家庭种种问题。

① 1 英里≈1.61 千米。

得知傅汉思喜欢红烧肉、喜欢面食,宗和欣然引为一类,说下次他到贵州来,一定管够。后来他们同病相怜,疾病在神经上折磨着他们,他们还是相互关心,相互鼓励,充和还以傅汉思的自我诊疗引导宗和理疗。遗憾的是,傅汉思与宗和这对异国知己从未真正见过面,当傅汉思再回到中国时,宗和已经因病离世。

有段时间,张宗和与妻子闹得有些不愉快,张充和便现身说法劝导他们,并说汉思虽然是慢性子,但有时会很主动,"我们之间若有一分钟不快乐,他(汉思)必得想办法自责,如何改善"。

傅汉思很是珍惜张充和的艺术创作,有一次张充和闲着画画,是一张临清时画家画的三峡,张充和觉得"十分难看","画完了我往字纸篓中一扔,汉斯倒字纸时把它理平说:'你不要我要。花了好几天功夫就甩了,太可惜!'后来有一人到过中国的,看了我三十张画,偏偏挑了这张,我得了五十块,这是我来美国卖出的第一张画。我每次甩画时,汉斯总提这件事,很得意"。

20 世纪 60 年代初期,傅汉思一家从西部加州搬迁到了美国东部北港,在这里,他们开始了新的生活。

只是,迁居、搬进新房子也不免带来新的烦恼,税收重重、供房养车、家庭开支等,导致他们入不敷出。但是在这里,傅汉思开始了新的事业,他在耶鲁大学任教的同时投入汉学研究,成就不断,并从副教授升到教授,这是一个终身职位。

傅汉思在唐代文人方面的研究颇为引人关注,他大量地阅读中国古诗词,从中体味着古意的人文与自然。他对中国诗词歌赋的研究注重"人与自然"这一主题,备受瞩目,其出版的《梅花与宫闱佳丽》颇受好评。著名学者刘皓明评论这一著作时指出:"在他转到汉学以后,汉思所属的德国罗曼语文学传统在其汉学论著中依然是可感的。更精确地说,他实际上是把那个德意志传统带到中国古典文学的研究中来了。这在他最重要的著作《梅花与宫闱佳丽》里最为明显。……《梅花与宫闱佳丽》的结构就是根据一系列中古诗歌中常见的母题安排的。该书大部分的章节题目很好地反映了这个组织原则:人与自然;拟人化;人与他人的关系;回忆和反思;情诗;寂寞女子;乐府;离别;怀古;往昔,传说与讽刺;平行与对仗;等等。……这里的中西比较和参照不同于许多海内外中国籍学者的比较。因为作者不是像例如钱锺书那样只满足于说明猎鹿和求次这个象征或对应在中西文学中都存在,而是把这些个例提升到原型(archetype)的抽象层次,旨在最终建立起一套为中国文学所特有的原型母题。"

对于一个业已成熟的学者来说,要放弃一个维持多年并熟悉的专业并不容易,但傅汉思毅然放弃了他原来罗曼语文学专业,转以研究中国文学。

粗读傅汉思的著作,即可知他对中国古典文学的参透能力。他解读中国古诗总是从人性最根本的一层出发,紧密结合时代背景和自然规律,饱蘸着感情下手诠释,恰如他的性格:一种儒雅的干脆。他还善于将中国的诗词与西方文学进行比较研究,如将《诗经》与德国诗歌相联系,打破了中西古典文学的隔阂,理解起来更富有立体感。他说："中国文人对于自己国家历史的热切关注是中华文明从早期开始就形成的一项显著特征。从事文学写作的人通常都是受过良好教育的学者，而他们所接受的教育的一大部分与历史相关联。历史的作用之一是可以被当作道德作为的指南。"这里似乎有作家沈从文的影子。

傅汉思对于中国女性孤独感的解读，富有画面感和新意，他认为正是那些具有孤独美的女子成就了很多不朽诗篇，他借用唐代张祜的诗喻意说明："故国三千里，深宫二十年。一声何满子，双泪落君前。"他发现梅花常常出现在中国文学的历史舞台上，并将妻子张充和比喻成梅花。在他的研究中，梅花就是繁花盛开的美女，可以从优雅的美女嬗变为迷人的仙女。

但傅汉思更愿意接受妻子是一位诗人，他说他的写作灵感来源于妻子张充和。

陈安娜介绍："他在中国诗词方面很有造诣，特别是乐府诗。他翻译的《木兰辞》被美国迪士尼公司的卡通片《花木兰》所采用。"

1990年11月7日，连襟周有光时年八十五岁，"卧读汉思译词十一首并考证其是否为李白所作"，顿时有感，作词一首给傅汉思，对其研究中国传统诗词的贡献给予肯定和鼓励：

汉思笔，译词成，珠玑胜似听玉笙！谪仙何论唐与宋，今信西方月更明！

神译笔，译笔神，双成不敢吹玉笙！李白原解胡人语，也叹西方月更明！

傅汉思学贯中西，研究工作烦琐而忙碌，但是回到家里他照样洗尿布、通马桶、扫地拖地，样样家务都做，陈安娜说他"像小孩一样纯真，可敬、可亲又可爱"。

再见沈从文

傅汉思后来成为耶鲁大学东亚研究中心的主任，曾多次回到中国讲课和参加学术研讨会。对于中国，对于中国文化，傅汉思已经有了新的理解和深入研究。再见好友沈从文时，他已经能够胜任翻译和解说工作。

傅汉思最初可能是抱着好奇心去结识沈从文这位大作家，但在他从事汉学研究三十余年，对沈从文的文学思想和境界有了更深的理解后，便对他作品里的传统情感和古典意识大为钦佩。1980 年冬，当沈从文从被批判的境遇里脱身，并经过曲曲折折的过程来到美国后，傅汉思与张充和前去机场迎接连襟和三姐兆和。再见到苍老的老友，傅汉思一句话也说不出，只是张充和在喃喃地问："累吧，累吧？"

沈从文此时患有心脏病，各方面曾担心他的身体能否吃得消长途飞行，但在美国，他的读者都在虔诚地等待着他的到来，他们有的和他一样老了，有的则是新生的一代。接到沈从文的当晚，傅汉思在日记上写下了这么一句:"等了三十年的一个梦,今天终于实现了。"

或许只有张充和理解汉思的心思。

傅汉思从 1980 年年初开始为沈从文访美事宜陆续致信邀请、联系,并与在美的学者金介甫、余英时协调工作,直到 10 月才有眉目,但仍悬而未决。当理顺了一些关系并解决了各地费用后,一个问题又摆在了他面前。

"来前,社科院领导曾担心他年高又有严重的心脏病问题,我们当然更考虑这一方面。他们此行既非美国官方邀请,亦非中国官方派出,所以双方都得不到医药保险,耶鲁大学亦无此例。去申请蓝十字及其他保险,都因年高短期不保。时间迫不及待,一天充和问我:'你敢不敢负这个责任?'"

"当然敢,尤其有三姐同来。"

或许也只有张充和能够体会到傅汉思这个掷地有声的承诺吧。

沈从文在美国各地演讲和参观时,翻译和讲解几乎都由傅汉思承担,他总是尽力如实翻译沈从文的原话,并引导他顺着主题走。因为沈从文博学多识,常常在讲述一事时漫到外围,但他还是会收回来,像是他那张弛有致的小说情节,只是傅汉思紧张、细心,总存着关心的担心。

有一次,沈从文讲了一句话——"我那时写小说,不过是一个哨兵",傅汉思译成"我那时写小说,不过是一个烧饼"。译完还兀

晚年时的沈从文与傅汉思交谈

自加注,说这是中国的一种烤饼。而这实在是因为汉思太爱中国烧饼了。

当然,在翻译中,傅汉思也存着细心,如沈从文早期当小兵时曾为上司炖狗肉吃,此事此时,不能忠实译出,因为当地人把狗当成好朋友,怎么可以炖好朋友的肉吃呢?傅汉思即含糊过去,可见睿智。

三个月的相处,紧张而忙碌,沈从文的活动几乎都满满的,每次都要忙到深夜,张充和与傅汉思不忍再占用他有限的休息时间。不计其数的读者、听众、来访者,有时直接来到张充和家,傅汉思与张充和总是一一耐心接待。"从文、兆和在我处三个月,无论是在家单独相对,或出外与人群相聚,每个日子,每个细节都是可宝贵可纪念的。"因没有单独好好相处,傅汉思引以为憾。

昔日的北平时光,他们曾促膝交谈,颐和园里诗书夜话、湖鲜鱼宴,汉思身边有这诗人般的太太,不正是因为沈从文无意中做了"红娘"吗?沈从文身上的中国古意令傅汉思有一种更深的亲切感。

傅汉思说:"我们还另有一梦,希望他们再来一次,同我们安安静静相聚,只要有几个性情与兴趣相得的朋友,研究文学同考古上的问题,不再让他如此劳累。"

珍重今生未了缘

有段时间,傅汉思正式进入大学任教,张充和暂时赋闲在家,傅汉思担心她太无聊,因为每天都是"看孩子做饭"。于是,他为张充和规划了时间,每周二的整个上午充和自由支配,用来画画写字。这背后是傅汉思对妻子充和进行艺术创作活动的支持和肯定。

他们珠联璧合,合作翻译的孙过庭的《书谱》在美出版,被引为美谈。他们与学者毕嘉珍在耶鲁大学举办的"玉骨冰魂——梅花题材精美展览",无论是展览本身还是出版图录,都深受藏家的追捧。

傅汉思尽情沉入中国的古典世界里,以他独特的视角和思维去发现和诠释。

傅汉思爱音乐,喜欢弹钢琴,他的琴声与张充和的笛子,相得益彰,令人陶醉。

当张充和一次次义务宣传昆曲时,傅汉思无怨地承担着翻译、讲解,以及打鼓、助演的任务。张充和曾辗转北美二十三个大学演出、演讲昆曲,傅汉思把充和的每一次演出、讲解题目、大致内容及其反响都记录在案,可谓为妻子留下了一份珍贵的昆曲档案。

在国外,人们欣赏张充和古意的诗词,每遇到翻译问题就向傅汉思请教,也只有汉思的翻译最为形象、达意。有时,汉思还为充和未取名的诗词拟上题目,颇为契合,如一首《秋思》:

万山新雨过,凉意撼高松。旅雁难忘北,江流尽向东。
客情秋水淡,归梦蓼花红。天末浮云散,沉吟立晚风。

张充和也总是记得她与傅汉思的北平浪漫,在他们结婚二十周年时,傅汉思出差去了加州。独守枕边的张充和作了二十首诗

送给汉思,即《结缡二十年赠傅汉思》,其中不乏对北平时光的追忆。下录其中十首:

休论昨是与今非,艳艳春阳冉冉归。
喜得此心俱年少,扬眉斗句思仍飞。

三朝四次煳锅底,锅底煳当唱曲时。
何处夫君堪此事,廿年洗刷不颦眉。

些些小过证非贤,各不求全亦自全。
涂里相将闲曳尾,强如东海傲云天。

翩翩快步上瑶阶,笑映朝阳雪映腮。
记取景山西畔路,佯惊邂逅近问何来?

去来双桨叶田田,人拥荷花共一船。
三海风光无限好,可能再过半秋天。

玉潭泉水碧如晴,淡绿疏红趁晚晴。
归去失途衣渐薄,高粱瓮畔话平生。

深深中老胡同院,三五儿童切切时。

虎虎刁攒龙颖慧,四姨傅父故迷离。

五龙亭接小红桥,仿膳初尝帝子糕。
岁岁朝阳春雪好,何人携手踏琼瑶。

并骑西郊兴不穷,春田细绿水天风。
闲抛果饵分猿鸟,深坐花间唤酒盅。

霁清轩侧涧亭旁,永昼流泉细细长。
字典随身仍语隔,如禅默坐到斜阳。

含蓄、婉约、古典,这朴素的浪漫属于那个时期的北平,这言语不传的灵犀属于两个人的往昔。但现在,他们依然浪漫不减。

关于"煳锅底"入诗的逸事颇受亲友们关注,这其中则蕴含着汉思对充和的包容和理解。充和的昆曲弟子陈安娜说读到这几句时"都要掉眼泪"。汉思晚年体弱多病,受了很多折磨,充和尽心尽力、不离左右地照顾。充和曾对我说:"有一次我看见汉思口中念念有词,就问他:'你在说什么?'他说:'我在祷告上帝,让我早点走。'充和说:'你不能走!人生太短了,你一定要陪我啊!'"

"静对疑闻虫蚁哭,相看直似稚童年。莫求他世神仙侣,珍重今生未了缘。"傅汉思的善爱和钟情,张充和总是会细细体味,这个像大孩子似的学者总是尽心尽力地履行丈夫的职责。他自己体弱多病,有时多吃了几块大肉就要犯病腹泻,但却处处照顾家里,洗洗涮涮,倒垃圾,取报纸,样样都干。他总是仰视着比他矮小很多的夫人,郑重地在他的著作里写下:"我从自己的妻子张充和那里获得了持之以恒的帮助和灵感,她本人就是一位诗人,一个中国诗歌的终生弟子,以及中华文明最美好精致部分的活生生的化身。"

有一次,张充和陪傅汉思回到中国天津讲学,他在天津外国语学院用英、法、德三国文字讲解唐诗楚辞,深受师生们的欢迎。张充和的侄女张小璋记得:"我们见面时,称他为姑父,他却谦虚地说:'叫我汉斯好了。'直到四姑做了解释,方才接受。他亲自口试我儿子的英语水平,并传授学好外语的经验和做法。当他们离开天津时,拒绝学院用小车送他们,而是由我和儿子乘公共汽车陪送到火车站。到火车上才发现他们买的是上下铺,姑父却毫无怨言,弯着高大的身躯钻进上铺。"

晚年的傅汉思饱受病痛折磨,其间经历"九死一生",张充和带着他四处求医,住院期间更是不离左右,有一次在医院里待了一周多,形容枯槁。2003 年 8 月 26 日,在耶鲁大学任教 26 年的傅汉思教授去世。耶鲁大学的讣告中评价他"对中国文化、中国文学(特别是诗歌)以及汉语的研究为人所熟知"。

那一年,康州的秋雨格外的寒凉。

2003 年 9 月 27 日,耶鲁大学举行纪念傅汉思的追思典礼。张允和的孙女周和庆代表国内亲戚前往参加,"走进 Yale 校园里的小教堂,终于见到了四姨奶奶充和。她穿着一袭黑色,挎着黑包,瘦小的身躯显得更瘦小了。我上前一步,把她紧紧搂在怀里,眼泪夺眶而出。刹那间,我有些迷茫,好像怀里抱的是自己的奶奶,我的家人中只有奶奶是这么矮这么小,把她搂在怀里时,让我有一种顶天立地的感觉"。

回到家里,充和泡了茶,拉着和庆的手在饭桌边坐下说话。"讲到汉思,讲到她的姐姐弟弟,讲到我认识不认识的许多亲朋好友的老故事;她告诉我,还有许多事要做,汉思的书要整理,许久以来欠的信债要还,还要恢复往日的功课——练字,总之她将努力回到旧日的生活规律中去。"

他们已经相伴了半个多世纪。

他们已经相爱了五十五年,还将继续爱下去。

2003年9月28日上午,细雨蒙蒙。周和庆话别了四姨奶奶,带着一脸的雨水和泪水,钻进车里。"四姨奶奶站在家门口向我招手,巨大的房子衬托出她娇小的身影,更多的泪水涌出我的眼眶,我不忍回头……"

有一年,张小璋去美国看四姑,此时傅汉思已经作古多年,张小璋发现:他的骨灰盛放在一个汉白玉坛子里,安置在他生前工作的书桌上,终日陪伴着充和四姑。

北京时间2015年6月18日,张充和在美国去世。根据充和弟子陈安娜的转述,"现在她的儿子傅以元已经把爸爸妈妈的骨灰坛一起捧回自己家中供奉,可以随时跟他们说'I Love You, Mom and Pa!'"

张充和的拿手好菜

张充和在国内似乎很少做饭,但是到了美国却俨然成了家庭主妇,她对做菜很是拿手。为了节约,外国人不吃的她拿来巧手烹饪;为了节省时间,她把几天的饭菜一次性做好放进冰箱,大人孩子回来就热热吃。她辟了小园种了好几种蔬菜,还开玩笑说要把她种的韭菜寄给在国内的大弟尝尝。

1975 年 6 月 14 日,张充和致信大弟宗和说:"看来你的淀粉吃多了,容易虚胖。多吃素菜同肉,蛋白质同维他命(维生素)是很重要的。我们早已不吃牛油不吃猪油,吃的是玉米油同其他素油。这边牛羊肉最贵,猪肉第二,鸡算是最便宜。但鸡是人工快长的,所以多淡而无味。很多人做鸡加味精。你可想而知。"

美国人不大吃猪内脏,掌厨的张充和就捡了便宜,她致信大弟说:"倒是猪内脏便宜,如腰子、肝当初白种人不吃的,现在也仍然习惯不大吃。"因此张充和常常买来自己加工烹饪,作为全家的菜谱之一。一开始两个洋娃娃还吃,但是去了学校后食堂从来不做,也就自然不再吃了。充和说孩子们"经常吃洋酱面",指的应该是意大利面,上面有番茄酱。平时家里很少有像样的菜,只有来了客人充和才会烹制拿得出手的菜式。但是为保证家人的营养,充和也是动了一番脑筋,首先是常备的牛奶、鸡蛋,但是张充和对两样营养品都不喜欢吃,于是她就用去脂奶粉做酪吃,而且吃去脂奶粉还不用担心发胖。间隔着家里也会买些鱼类来吃吃,但是很多鱼都不太新鲜,而且刺也多,吃起来麻烦。张充和宁愿做自己拿手的肉丸子,她自信自制的肉丸子,不管在合肥、苏州,还是在美国,都是呱呱叫的,只是囿于肉价太贵,舍不得多做。

为此,张充和就去大自然里寻找美味。年逾花甲之时,她还骑车去野外,上山坡,挖土种地,寻找美味的野菜。她会为找到了野豌豆苗和枸杞头而惊喜半天,然后把它们带回去烹饪。充和的食谱精彩纷呈,有珍珠丸子、红烧肘子、五香牛筋及腱子肉、熏鸡、黄糖卤肉、开阳白菜、安乐菜(即十香菜)、八宝饭等。她还会用洋人不吃的鸭脖子肉做成肉松分给邻人好友。应该说充和是迫于现实学会了烹饪,但也可以说这是人的天性使然。

1961年元旦,张充和与一众华人聚会庆祝新年,当时她与北大同学严倚云,即严复的孙女一同烹饪,"她抢着做个螃蟹,蟹是海蟹,自然没有淡水的好,但好处在大,易于剥,我做了一个名菜叫'还珠',意思是珠还合浦,有一天大家都回国的意思。'还珠'的蚌肉与猪肉混合再回蚌中放在烤箱烤熟,倒真是美味"[1]。这美味勾起了充和的思乡情,让她回味起了苏州的螺蛳肉。

美国著名汉学家康达维(David Knechtges)曾师从充和的夫君傅汉思,致力于中国汉赋的研究,成就斐然,俨然成为中国古代的儒者。康达维在耶鲁大学期间曾到访汉思和充和家,他发现汉思不

---

① 1961年1月12日张充和致张宗和的信。

只是一位杰出的学者,也是一位优秀的丈夫和父亲,他对家庭的照顾,对妻子的体贴,对朋友们的真诚,无不感染着门下弟子。康达维曾撰写长长的祭文追念老师汉思,将他比作汉末的贤士郭泰,称颂他为中国古典君子,并大声朗读蔡邕作《郭泰碑》文献给老师汉思:

> 崇壮幽浚,如山如渊。
>
> 礼乐是悦,诗书是敦。
>
> 匪惟摭华,乃寻厥根。
>
> 宫墙重仞,允得其门。
>
> 懿乎其纯,确乎其操。

而透过汉思,康达维发现了其背后重要的生活伴侣,张充和。在汉思有关汉学的学术研究中,她帮助他阅读文章的重要段落,一起解析,并为他的著作写书法。

傅汉思家常常有学者上门拜访,招待的任务就交给了张充和,她亲自下厨烹饪中国美食,还会演示中国书法和昆曲,令来访者大开眼界。康达维曾对中国古代食物史有所研究,撰写过《文宴——早期中国文学中的食物》《渐至佳境——中世纪初的中国饮食》等论文,对早期中国文学里的美食的追溯、解析,以及中世纪饮食对当下中国饮食的影响,都有独到有趣的研究。他在纪念老师汉思的文章中提及,在傅汉思家,他吃到了张充和制作的中国美食,印象深刻，他说从未吃过如此高品质的中餐，由此解除了他对中国古代烹饪、菜肴研究的困扰，消除了他对中国传统饮食研究的一些疑问，而这些都源自汉思的夫人张充和。

沈龙朱画笔下的四姨

　　见过沈龙朱绘画父亲沈从文的肖像,准确地抓住了沈从文的神情和内心世界,温和,倔强,善良,博学,从容,谦卑……看着令人着迷。承蒙沈龙朱先生送了一套给我,还签了名,真是太珍贵了。

　　后来因为编注《小园即事》,特邀龙朱先生发来他创作的张充和肖像,我记得是八张,可以说是回顾了其对张充和一生的印象,只可惜不能全部刊发,一直惦记在心,终于等到这本集子可以"开展"了。

　　沈龙朱绘画的四姨张充和应该是八张作品,当时只用了六张,分别为"顽皮""青春""时尚""优雅"和"亲切",还有一张是"在昆明北门街的时候",是沈龙朱绘画的四姨和他在抗战期间的合影,也是他对四姨印象颇深的一段时间。他在《读四姨诗书画选引起的回忆》中提及:"按理说我出生后在北平以及1935年妈妈带着我回苏州,我都接触过四姨,可惜我只记得已经是1938年在昆明北门街的事了。那个大院子住有一同逃难到昆明的杨振声公公父女、杨荫浏公公、曹安和女士、郑颖孙公公一家、我们一家和四姨。我们家留有过一张照片,就是四姨带着我站在一架'阿西跳乐'的大三弦后面,那个琴鼓就比我半个人还高,那时的四姨留着一双大辫子,非常好看。"沈龙朱还揭秘说:"从前面那张四姨坐在蒲团上的照片可以看出，身后放着茶壶茶杯的条几，实际上是两个木质煤油桶箱和一块画板组成，那盘水果很可能就是临时借用二奶奶供桌上的摆设，七十多年后再看到这张照片，却仍然感觉那么优雅亲切。"

等到抗战结束后，张充和受邀去北大执教，当时还是住在沈从文家中，沈龙朱说那时对四姨最大的印象是绘画，"1947年后我们全家回到了北平，在沙滩中老胡同北大宿舍里有了一通条四间小房子的家，四姨后来也到了北平，爸妈就把最西头的一间房腾给了四姨，那里有一扇可以单独对外的门，把和其他房间相通的门堵死，就形成了她的独立空间。那时我们除了能够经常看到四姨写字以外，还有机会看到她作画。对水墨写意我的欣赏能力有限，但是她那细致刻画的工笔山水却给了当时那个少年的我很大震撼，除了我们现在在《诗书画选》看到的这幅纵幅青绿山水外，我还见过四姨画的工笔山水横幅长卷，看她极其细致地研磨翠绿颜料，用极小的尖毛笔为山势的边缘描金，那份持久耐心、细致、考究用色叫人佩服！"

沈龙朱为四姨画了七幅肖像画，从成年到中年、老年，还一一取了名称，如戴着眼镜作怪的证件照为"顽皮"，戴着小红帽在北大上学的为"在北平"，留着男孩子发型的"时尚"，战时梳着俩辫子的"优雅"，一脸温和慈祥的"亲切"等，都非常富有人情和趣味，令人喜欢，其中无疑蕴含着许多外人难以理解的亲情。

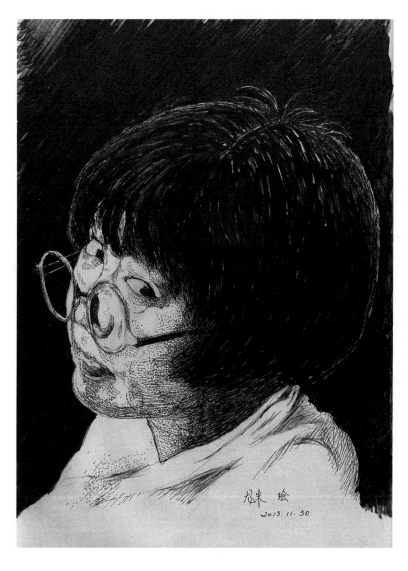

沈龙朱绘顽皮的充和

沈龙朱绘张充和像

沈龙朱绘在北京大学读书时期的张充和

在昆明龙门街的时候
艾末 2012.2.9

沈龙朱绘在昆明时的张充和

笙歌扶梦，归去来辞

—— 写在张充和女士一百零二岁之际

　　江南的雨总是连绵着下，5 月最后一个周末，众多曲友聚在苏州昆曲传习所。古色古香的院落里笛声悠悠、余音袅袅。张充和的曲友、年近九旬的昆曲艺术家顾笃璜正在接受记者采访，主题是"昆曲申报世界文化遗产十五周年"。曲友余心正给我布置了个讲座"张充和与昆曲艺术"。其他曲友们正在闲聊着什么，其中谈到了张充和女士的年龄，有说一百零二岁，有说一百零三岁，还有说一百一十岁了，这明显是把允和夫婿周有光老先生的年龄"借"来了。

　　由此可见，很多人并不是那么准确地了解张充和，但这丝毫不妨碍他们对她的喜欢和敬佩。不少曲家都曾与张充和女士拍过曲，在山塘街、怡园、昆曲传习所、苏州大学校园、昆曲博物馆等地。从来没有哪一个人能与一门艺术如此"长相厮守"，一辈子都不够。

　　从传习所出来，我去了九如巷 3 号，那是充和在苏州的家，一个真正让她魂牵梦绕的地方，也是一个提起来能让她霎时落泪的地方。雨还是那样的密，那样的绵。满头银发的周孝华女士移开木门，轻轻地走出来，她是充和五弟寰和的夫人，与充和情同姐妹。她曾亲手为充和缝制了很多衣被寄到美国，担心四姐水土不服，尽

1991 年,张充和到苏州大学为学昆曲的学生讲课

管充和已逾百岁,她还是一如既往地、习惯性地担心着。周孝华女士不时地念叨着,要是回来就好了,在哪里都不如在家里呀。

但是一说到充和与昆曲,周孝华女士顿时觉得欣慰很多,"她一辈子就欢喜这个,所以那一年回来,我就提议去附近怡园拍曲,她唱的时候你会忘记她的年龄"。那是2004年秋,恍惚已十一年,那一年充和九十一岁,依然杜丽娘:"没乱里,春情难遣……"

那是充和最后一次回到苏州,当时五弟寰和还健在。2014年冬,张寰和去世,至此,"和"字辈十姐弟独留充和。当时,中国社科院文学研究所研究员杨早先生悼念说:"小五哥也走了,不是说谁带走一个时代,但那个时代的痕迹,确实在渐渐湮灭,不是自然更替,而是失了传承……"

欣慰的是,充和还在;欣慰的是,陪伴充和的昆曲还在;欣慰的是,海内外的昆音还在。美国回来的充和昆曲弟子安娜女士,海外昆曲社继芳女士,她们说,充和百岁后,拍曲活动依旧,曲人会聚于充和家里,认识的,不认识的,会唱的,会吹的,会解说的,笛声一起,充和的心就轻了,轻若梦境。

从童年接触昆曲剧本,到少年时期学习昆曲,到抗战时期流离拍曲,再到美国延续雅音……不须百战悬沙碛,自有笙歌扶梦归。二十六年时光里,充和曾辗转北美二十三所大学演出、演讲昆曲,有人说正是充和对昆曲的不懈推介,才使其得以进入世界遗产名录。戏如人生,人生如戏。充和的一生充满着戏剧性,她自己也说"看世事看多了,亦如看戏看多了一样,只知道看做人的艺术,只知

张充和演出昆曲《刺虎》剧照

道应该如何涂上生旦的脂粉,唱着付丑的戏⋯⋯"但纵观充和长长的一生,却又是那样的轻盈、随意,似戏,非戏。她总是懂得戏剧里的"化",一切都在掌握,一切又都随缘而去。

愿为波底蝶,随意到天涯。十分冷淡,一曲微茫。充和的生活在继续,充和的艺术在继续,充和的"生活的艺术"也在继续。

戏里戏外,何以为家?

20 世纪 60 年代初,充和从美国致信大弟宗和,说无论如何自己都要和孩子们在一起,以为她深切体会到了母爱的意义。并说"(孩子)种种不听话、不怕冷,也是因为父母太保护了。我当初虽然无父母保护,却仍是不保重身体,原因是并无责任。现在有了孩子,觉得他们需要我,我病了他们怎么办,所以也就特别保重了。这似乎是天地生成的⋯⋯"(1961 年 8 月 1 日)

充和生下来时,先是遭遇奶妈奶水不足,后来父母考虑叔祖母识修膝下无子女,就把她许之寄养。识修是李鸿章的侄女,知书达理,信仰佛教。她本希望能找算命的选个日子看看,充和的母亲陆英说,充和有她自己的命,接着就给充和手腕上套个手链,以示离别。

从此,有人问起充和是谁生的,她理所当然地回答:祖母。别人笑。充和大惑:笑什么,难道你们不是祖母生的?

直到有一天,祖母喊她过来,把她的带颜色的外套翻过来,说从今天起,你没有母亲了。充和母亲去世了。几年后,叔祖母也去世了。充和回到了苏州，但此时她还是一个人，因为姐姐们都出去上学了。充和此时有个要好的同学，叫许文锦，是钱存训先生的夫人，后来两人在美国相聚。充和在家信中多次述及许文锦的情况，并对许在生活里的遭遇深表同情。

抗战时，充和随着转移人员颠沛流离，曾参与过国家制定国乐的工作，并与西南联大一些师生拍曲不断，有人说，这坚持的精神也是抗战精神的一种。在这期间，充和失去了两位亲人，一是父亲张冀牖，二是外甥女小禾（周有光与张允和的女儿）。自此，父母的概念便深藏于充和的心底。我曾发现充和早期写作的一篇《晓雾》，记述的是朦胧的母爱，像晨间的秋雾，不确定，不容忽视，淡淡的，深深的，像刻痕，又像是抚触的手。

再回到那个叫家的地方，物不是，人亦非。充和当掉了首饰，亲笔书写了父亲创办的乐益女中校名，帮着复兴学校。在很长一段时间里，她都是寄居在三姐兆和、三姐夫沈从文家中，由此也给她带来了一段美好的跨国姻缘——就是那个最了解她的男人，高高的，憨憨的，被张家人称为"好人"的傅汉思。

只是在婚后去美国后，充和的家居生活也仍处在动荡和不安中。似乎这就是她的命运。对于充和来说，家不是一个固定的地方，而是一个人，或者一家人的生活方式，具体的生活方式。

"我们一天八小时，六点半起来，七点半动身，八点到校。下午回来已是五点半，好在有冰箱，可以一星期一次去买菜。但有时周末弄得不好，就得现买现做。我现在不挑嘴了，肥肉也吃了，不过觉得腻一点。但是谁做呢,还得自己做,做了就又不想吃了。普通洋人不大吃猪肉,尤其是怕皮,汉斯见到就是命,狮子头也是命。可是六七年来我就做了一次,是上次李济之来了,点了我的狮子头,吃后剩下的吃了两天。我们总是一个菜翻来覆去的吃,省的做菜,实在没有工夫……收入说起来也不能算坏,但房子上太贵了,借了放债公司九千五百块,每月九十五块,十一年还清,利息也就是好几千了。加上房捐和保险费种种费用,就去了我整个的薪水。如果我不做事是不可能的,汉斯的薪水管交通,吃饭,杂费。衣服也不大买,汉斯一年顶多一套衣服。我伙食还赶不上住房子费贵。普通七十到八十之间(两人的),我只可以算四分之一的人。"这是 20 世纪 50 年代,充和在家信中述及的境况,此时的充和还没有感受来自养孩子的压力,后来她就提到,有一次过节,女儿说要是哪一天她自己能一个人吃一棵生菜就好了。说的无非是蔬菜价格。

但充和总会把生活当作戏剧看,她常有回转之声:"今天有件大兴奋的事必须告诉你,我们买了一个洗碗机器,又换了新电灶,洗碗机器可洗上百件碗碟(刀叉筷子在内),放进去三十二分钟,人可以做别的事,先刷一次,再用化学肥皂洗一次,再刷两次,只用七加仑①的烫水,洗出来比手洗的干净多了。洗后用热风吹干,吹干了机器就自动停下。我们一天只洗一次或两天洗一次。……这两件东西至少可省我一个钟头在厨房。但其余要做的还太多。"

充和省下来的时间干什么呢?我发现她有个重要的工作:演

---

① 1 加仑≈3.79 升。

出昆曲。"久不提笔写信，你不能想象我的身心如何忙，一台戏四十分钟，从场面起到一针一线，都是亲自顾到，戏演了后又是倒下。先是在演的前后病，胃一直疼，呕吐。可是上台并不吐。正如我在苏州义演六场时吐血①情形一样。现在胃总算是定下来，还不能吃硬东西，如饭，肉，蔬菜之类，稀饭汤每两小时一次，所以体重并未减太多。这次的辛苦所得为何？这是常常自问的，也不能自答。反正爱好的东西不能用价钱买，也不计算时间与精力……"我查了下傅汉思先生记录的充和北美昆曲演出记录，发现充和在20世纪50年代昆曲演出和演讲活动不断，没有笛师，她就自己吹了录音。中国笛子到美国会开裂，她就选用合适的金属管子，自制笛子。化妆无人梳大头，她就自己动手做了一种"软大头"，随时可以套上。她还自己做贴片，还用游泳橡皮帽吊眉。有杜丽娘，没有春香怎么办？充和后来就培养八九岁的女儿艾玛上阵，后来这个洋娃娃能唱二十多折戏。

此时的国内也是一片忙碌，充和接信看到："国内文艺界展开对俞平伯、胡适等资产阶级思想批判后，现在已发展到对胡风思想的批判，你们可以看到《人民日报》，一切当可了然。"

1968年，在美国哈佛大学任教的余英时看了充和的演出《思凡》，赋诗一首："一曲《思凡》百感侵，京华旧梦已沉沉。不须更写

---

① 1946年，张充和从重庆回到苏州，适逢联合国教科文组织来苏州考察昆曲，并在拙政园里观看演出。张充和参与演出《牡丹亭》，扮演杜丽娘，当时连演多场，张充和出现了吐血症状。

1986 年,(左起)张元和、徐樱、王芝泉、张充和、岳美缇在美国加州合影

还乡句，故国如今无此音。"

十年后(1978年)，张充和的二姐张允和，接棒北京昆研社参与复兴昆曲多年，在南京观看昆曲演出时即兴和诗：十载连天霜雪侵，回春箫鼓起消沉。不须更写愁肠句，故国如今有此音。

梦里梦外，归去来辞

1983年，张充和回到阔别多年的北京，来到北京昆研社并做感言。此时她已在北美二十三个大学里完成了昆曲演出和演讲，其中不乏耶鲁、芝加哥、斯坦福、哈佛和普林斯顿大学等名校。犹记得1965年2月22日至3月24日，充和应 A. C. 斯考特教授邀请，在麦迪逊威斯康星大学教授戏剧艺术课，为时一月。傅汉思记录："她于1964年和1965年在麦迪逊的大部讲课和演出，均已收入斯考特的著作《中国传统戏剧》第二卷。《思凡》和《十五贯》两剧也由威斯康星大学出版社出版。"

斯考特在前言中谈到《思凡》时写道："这出戏是我在威斯康星大学教授戏剧的主要剧目。我相信，这出戏对西方研究的学生是有启发的。因此，我邀请现在美国居住的张充和到我的班上来和我共同工作一个时期。她是这个古老剧种的权威和天才的表演家。这个经验对学生是有益的，他们的一些最有价值的评论可以在这里引用一下。一个学生(W.麦克利亚)写道：'有人会觉得，女演员动作的逼真性就像东方模拟哑剧，但区别是明显的。女演员并不试图模拟实在的东西,就像尤金·奥涅尔的戏剧那样。她也不像西方芭蕾舞那样,幻梦似的避开真实性,也没有西方哑剧的一些严重缺点(缺乏交流及其手段)。她利用手势加强语言和音乐,而不是取代语言和音乐。'有趣的手势,也就是具有巨大戏剧冲击力的方面,有鲜明的舞台价值。观众为精彩的演出所征服,并不是仅仅为了她的华丽、漂亮,而是由于从美学角度上讲是真实的。中国女演员表现出来的巨大魅力,就是对我国演员的一种评判。对比之下,我国演员不由得感到震惊。现在我至少明白,中国戏剧要比我初次接触时所能理解的要好得多。我发现我有一种落后感。在我们自己的剧院中,虽然很少有人能真正了解那些身段动作的丰富含义,但是我们在实践上和演出中也没有足够的训练来充分运用它们。"

且看回国后的充和如何看待那一时期:"我到国外已经卅四年了。初到美国的时候,提倡昆曲的,项(馨吾)先生在东部,我在西部,还有李方桂夫妇,我们在三个地方,联系不多,我很奇怪,那里有些中国人听到昆曲竟哈哈笑,但美国人却不笑。这使我很不好意思,心里很难受。有些中国人学了点外国音乐,并不了解什么叫民族音乐。这些中国人不大看得起自己民族的东西。我想我要发扬昆曲艺术,不从他们开始,因为他们'崇洋'。我从另一个途径,教外国人,开始教他们我们的民族音乐、戏剧、舞蹈,主要从文学、音乐、舞蹈开始。我尝试组织一个古典舞蹈的表演,又表演一段昆曲。时间不长,一个钟头左右。选的是舞蹈性质最强的昆曲片段,配上解说,如解说《牡丹亭》《西厢记》等,这些年来从美国、加拿大到法国一共有三十多个大学。"充和教的学生中，有博士，有硕士，有学民族音乐的，有学昆曲的，有学吹笛的，他们都很出色，让充和甚感欣慰。

"现在我精神上轻松了。因为在中国南方和北方，昆曲完全复兴起来了。我有两句诗寄托我的感情：'不须百战悬沙碛，自有笙歌扶梦归。'是说不需我一个人在那里苦战了。今天带着我的梦来听你们的歌，把我的梦扶回来了。"

至今，周孝华女士还记得，2004 年，充和在苏州怡园拍曲时，两个女记者来采访她，充和反问她们会不会唱昆曲，对方答不会。充和站起来做要打状，说你们竟然不会唱昆曲。一旁的曲友们都会意地笑了，两个记者也笑了。充和的这个小小玩笑，让人想起很多内容，在昆曲的故乡，在昆曲的国度，作为采访昆曲活动的人，怎么可以不会唱几句呢？年逾九十的她，对昆曲的热爱、虔诚，又有几人知呢？

充和从小在合肥陪伴叔祖母时，就接触了一些昆曲故事、剧本，如《牡丹亭》《西厢记》，但那时她还不知道这些故事是可以唱出来的。等回到苏州后，嗜好昆曲的父亲自然不会忽视对小女儿的言传身教，况且家里来往的也不乏昆曲名家，后来她的大姐夫顾传玠就是"第一小生"，她的老师沈传芷更是名声在外。二姐允和与周有光在上海结婚时，充和就献上了一曲《佳期》，唱的是张生和崔莺莺欢会的一段。周有光戏说，如果四妹知道词意，大概不会唱了，说的是词意不可深揣。但充和辩说，唱曲题目应景即可，上台

张充和在美国

表演则是另外一回事了。

"寂来紫玉双双调，按出红牙袅袅音"，这是充和叔祖母识修一对箫管上的对子。识修给她讲箫的故事，有"吹箫乞食"，有"吹箫引凤"，在布满星空的夜里，箫声响起，让充和觉得飘飘欲仙，但同时又无端地生出一些寂寥。她想学箫，可是她的手指不够长。识修在箫管上写上"凡工尺上乙四合"，教充和认谱、放音。这几个充满律动和奇妙的字将陪伴充和一生。有一天，充和终于学会了吹箫，识修在去世前将陪伴其半生的一对箫传给了充和。叔祖母去世七年后，充和写道：

> 祖母故世已七年整了，我带着两支箫就整整在外游荡了七年；又学会许多新调子，但会了就忘记，还是记忆中的调子忘记不了；若是我亦能有六十七岁的高寿，一定还记得把往日事、昨日梦，一起在这支箫上吹出来。

在美国期间，充和结识了很多新友。但在她心里，最惦记的还是那些旧人。国内"文革"起，好友遭受不测，她感念万千，以诗排忧；挚友饿殍台北，她黯然神伤，泪墨齐下。大弟宗和与她既是同胞姐弟，又是很多年的曲友，一起加入过俞平伯的谷音社，一起东奔西走呼朋唤友组织拍曲。1949年后，两人一个在北美，一个在黔南。两人通信二十八年，直到宗和在"文革"末期病逝。唯独是这一次，充和一个字都写不出来了。

20 世纪 50 年代,宗和致信四姐:"我想我们总会见面的,解放以来很少有诗词的感情,今天早上写好总结,到照壁山上走走,嘴里不自觉的哼出'几回魂梦与君同,今宵剩把银钉照,犹恐相逢是梦中',这种境界我想将来也不会消灭的。交通再方便,别离还是有的,生死也还是有的……"

实际上,到美国后的充和一直想着能够再回家乡,只是她后来几次申请都没有成功。再后来,据说她的闺阁被拆了,她心有戚戚。再早些时,当北平红旗飘飘时,她的挚友靳以曾致信劝她回来,"这个大场面你不来看也是可惜的。当初我就以为你的决定是失策,可是没有能说,也不好说"。短短一百多个字,靳以写了三次"回来"。信中靳以还代老友黄裳向充和索字。

靳以曾在苏州听充和唱昆曲《芦林》听到泪流满面,他们曾在北平组织曲友浩浩荡荡地去捧北昆韩世昌的场。1949 年后,两人再未见面,多年后靳以女儿在美国拜访充和,充和说:"小东,你以后不要叫我张先生,就叫我姨妈,我和你爸爸是非常近的朋友,我们之间无话不谈。"三十年后,黄裳终于收到张充和书写的《归去来辞》,他怔怔自问:"女书家到底为什么在去国三十年后写下了这么一篇《归去来辞》呢?"

按照周孝华女士的说法,充和在临走时落下了很多重要的东西,无非是想着不久后回国。只是形势突变,变到让她无法想象。"收尽吴歌与楚讴,百年胜况更从头。"充和似乎一生都在寻找自己的家,最终她自己在异国他乡亲手建立起了一个家,一个容纳六百年曲音的梦境一样的家。

2003 年秋,傅汉思去世。允和的孙女周和庆去看望四姨奶奶充和。四姨奶奶的楼房简陋,布置朴素,楼道都是书籍和纸箱,墙壁上还有水渍印痕,一切都是那么陈旧,恍如梦境,这梦境一直持续到和庆离去,偌大的房子前有个瘦小的身影冲她轻轻地挥手……

"年年做尽归飞梦,待到归时意转迷。"这是充和在抗战胜利后告别重庆到苏州的诗句。2004 年秋,充和回到苏州小住多日,回美国后致信五弟说:"苏州仍然是老家,小小的屋子,总还是温暖的,最可喜的是见了第四代。可见这屋子是甜蜜的,不知何时再能团聚?"

何时能相聚?2014 年冬,充和的五弟张寰和在苏州溘然长逝。怕老人伤心,一直未告知充和。

有段时间,在美国耶鲁大学访学的翻译家刘文飞去看充和。刘文飞是安徽人,且会合肥话,两人一对上乡音,顿时引来了充和的兴趣。充和为他唱了佛赞,之后又为他唱了一段庐剧,令刘文飞大为感动。

刘文飞一家在告别充和时,依依不舍,"充和先生送我们到门边,和大多数美国人的习惯一样,她在我们身后便关上了门,但我走出两步后回头一看,她还在门上开出的一块长方形小玻璃窗后张望,她瘦削的脸庞像是镶嵌在一个画框里,我甚至能看到她略显浑浊的双目"。

事后,刘文飞说充和孤独,有人说充和很忙,"怎么会孤独呢?""我还是有些不信,因为我看到了那双在门后张望的眼睛。"

种种画面,梦里梦外一般。望着眼前曲友找出的《紫钗记》《南柯记》《邯郸记》《牡丹亭》题签,恍惚已15年过去,可惜也只找到了复印件。当时顾笃璜编辑《昆剧传世演出珍本全编》大书,特邀在美的充和书写"昆曲四梦"题签,充和于病中提笔,书写温婉、清丽、洒脱。我把复印件送到九如巷张家,在细密的雨里,犹如梦境,不禁忆起了寰和生前的一段日记:四位姐姐健在的就她一位了,姐弟情缘,分外珍惜,她多才多艺,柔中带刚,热爱生活。临别时,全家老小送到巷口,依依不舍。上车前,她一一吻别,连声呜咽地说:"明年再来,明年再来……"

今夕复今夕,明年是何年?由此想到充和的挚友靳以室内悬挂的一幅画,印刷的,《归去来辞》,伴章一生,被其视若珍物。章家女儿接手后,继续珍藏着,还把画带到了美国,拜访充和。充和一定会想起她受靳以所托为黄裳写的《归去来辞》卷,楷书,皮纸朱丝栏,工整、婉丽,柔中带刚。此卷由充和的另一挚友卞之琳从美国带回,更是多了些许传奇意义。卞之琳还附信说充和:"今年八月在南德明兴(慕尼黑)客居三个月,回到美国新港,发现田园荒芜,手植菊已被草掩盖,连根都找不着……"

归去来兮,田园将芜胡不归?充和的归与不归,相信理解的人一直都是理解的,不理解的人恐怕永远也不会理解。用黄裳的话说:"也不应该要求他们理解。"

寻找张充和

张充和出生于 1913 年 5 月 17 日。关于她的出生年月有几个版本，这里我引用的是张家家谱，而且是经过张充和本人承认的。

2014 年的 5 月 17 日，我刚从合肥回到苏州。在合肥，我找到了张充和居所附近的明教寺。1913 年夏天，张充和从上海被叔祖母抱回合肥后，在这里一住就是十五年。当我把寺庙照片发到美国经人展示给张充和时，她一看到就说："我去过这地方，是祖母带我去的。"明教寺位于合肥闹市区，门前一条淮河路，是繁华的步行街，一庙一路有点类似于苏州的玄妙观和观前街。

5 月 17 日这天，我正好拿到了出版社寄来的张充和文集清样稿，校对完毕后当天下午即寄出，因为出版社方面表示，将确保 5 月份出版此书，作为给张充和女士的生日礼物。此书的出版缘于一次偶然，我前后去了不少地方，找到了一些珍贵的资料，最终从这些旧文稿中精选一批出来，加上注解出版。出版之前与张充和女士取得了联系，征得了她的同意，她还给题写了书名，但出版社最终还是选用了她的书法诗句，确保完美呈现。在这些旧稿中，就提到了合肥的一个老地名，教弩台。

趁着张家新书读书会的机会，再赴合肥。当地书友询问去哪里看看。我说唯一要去的就是教弩台，当地人称明教寺。穿街走巷,一路期盼着,不久即到达明教寺。古朴的庙门前,是一尊高高的香炉,两旁有两座威严的狮雕,庙门两旁则是青灰的高台墙体,有的地方已经剥落,透着几许沧桑。庙门两旁绛色的墙上分别有小石碑刻,一为"明教寺",一为"教弩台"。

一旁的现代标牌上介绍历史道,明教寺始建于南朝梁时,曾为曹操点将台和练兵场。寺庙几经废建,直到新中国成立后重修,为合肥城中寺之冠,全国重点寺院。充和的回忆文章提及,当时她所住的合肥城中张公馆,就在明教寺附近,当别人热衷游玩新兴的景区或是闹市时,她更喜欢去那有些荒废的教弩台,她说:"我爱凋残与破落比爱什么新奇东西都厉害。"有关教弩台,她写道:"我那时还很小,站在一个台上,大人正告诉我那是曹操教兵射箭的台。台下全是老松树,晚风正吹在我的脸上,刚是骤雨初过,忽见天边挂两条彩虹,我跳了起来,我以为曹操一定以那两条虹作射的。我那时不明白虹离我们有多远,亦不明白曹操离我们有多远。现在还是不明白,可是更不明白我站在那'教弩台'上时离我多远。不过一见到凋残与破落,我便觉得拉不回来的一切过去都离我仅仅咫尺了。"

我围着明教寺走了一圈,发现这个古寺并不大,反倒显得玲珑有致。寺西边是西蝴蝶巷,东面是更小的宝莲寺,有尼姑来往出入,让人想起了充和旧文提到的小尼姑好友。寺后是一排陈旧的住宅,有点类似棚户区,再往后就是久负盛名的逍遥津公园,与三国时期的战事有着很大的关联,现在是个大景区,游人如织,热闹

幼年张充和在合肥与叔辈合影

不已,恰如淮河路上的商场、摊点、小吃部的熙熙攘攘,而明教寺则成了一个反衬,佐证着古典曾经存在过,只要你走进庙门,一切似乎都会鲜活起来。风来松如涛,那些松柏还在,曾经的"教弩松荫"是庐阳八景之一:那些高台还在,斑斑驳驳,仿佛还在传递着曹操的笑声。

这次去合肥,在友人的帮助下,我还找到了张充和曾祖张树声编著的《庐阳三贤集》,庐阳即古之合肥。历史有时很远,有时突然又这么近。

5月17日这天,充和在美国的外甥女为她送去了炸酱面,晚辈们为她庆生,简单而朴素。之前,曾有一众曲友为她组织小专场,笛声悠悠,清音袅袅。相信充和一定会想起在苏州学昆曲的时光。

上海出生,抱养合肥,再回苏州,北大入学,闲游青岛,暂居昆明、重庆,再回苏州,直到与汉学家傅汉思结婚出国,张充和留下了很多文墨小珍,期待着继续去寻找和发现。

合肥明教寺

周孝华忆充和：通达的天才

周孝华，张家第五子张寰和的夫人，出身淮军将领"盛"（周盛传、周盛波）字营门下，自小即与张家来往，与张充和很是亲近。在长达七八十年的交往中，她见证了张充和的性格特征和为人特点。

在周孝华眼里，充和自小就是与三个姐姐不一样的性格，虽然她没有和母亲一起成长，但叔祖母（识修）给予她的疼爱一点都不少，给她请最好的老师，供给她优越的物质生活。所以到抗战时期，几个兄弟姐妹都没钱了，四姐的生活还是过得可以的，因为除了她本身的工资外，识修给她留下了丰厚的遗产，保障着她的生活。因此，她在后方常常请客，请家里人吃饭，借钱给弟弟，请好朋友们吃饭等，可以说很是大方。

到了乐益女中复校的时候，张充和回到苏州，拿出了存款，当了首饰，还题写了校名，并义务代课，出了很多力气，应该说她对父亲是很有感情的。当时父亲已经去世多年，她也在这里上过新学，虽然对文科之外的课程不感兴趣，但是她学东西很快，有悟性，所以既能写古诗词，也能写白话文，小说、散文什么的，在中学时还翻译了英文作品。她学书法也很快，懂得书法之道，经高人（沈尹默等）指点后，更趋雅致规整。除了悟性，还有刻苦。充和经常一边给老师磨墨、拉纸，一边就在学习着老师的起笔、运笔、转承等。

张充和每次回来都会带着自己的毛笔，每天凌晨三点钟起床，把自己关在屋里，谁都不能打扰她，一直写到早晨开饭。就是到了她成名后，也就是2004年回国办书画展时仍然坚持这样练字。说起来很好玩，当时四弟宇和就坐在门口等着问四姐要字，外人来要四姐的字时，宇和就说他来代笔，他的书法也好，写出来可以乱真的。

作为张家最后的守井人，张寰和与夫人是十个姐弟中唯一还住在九如巷旧址的一家，因此每次充和回来，都是他们精心接待。看着四姐每次回来都很忙，要接待求写字的、唱昆曲的、慕名拜访的等，周孝华说，看她那么辛苦，真是不忍心再劳烦她写字了。因此，虽然距离最近，但家中所藏四姐的书法却是最少的。对于充和的书法，周孝华总是说，看她的小楷，真是漂亮，不像是女人写的，就是好看，教人喜爱。因此每遇到有人向充和求字时，周孝华总是尽可能满足，地方档案馆、学校、出版单位等等，而且分文不收，这是充和的原则，写字就是她真心喜欢的事情。

周孝华理解四姐的爱好，每次回来，都要和曲友聚会。那些曲友常来张家，和不唱昆曲的周孝华也成了朋友。因此，每当四姐问她去哪里玩玩时，她就提议去园林，与曲友们约会到园林唱曲，苏州好几个园林都留下了他们的昆曲之音。周孝华对于充和的曲友可以说是如数家珍，她说昆曲对于四姐真是堪比信仰，她和曲友比和亲戚还要亲，每次回来她都要去看看昆曲老师和曲友们，谁家有困难她也愿意帮一把。有一次张充和受邀回苏州为昆曲唱段录音，要录好几天，录音室在另外一个地方，周孝华就每天做好饭骑着三轮车给四姐和曲友们送去。她知道四姐的口味还是喜欢老式的合肥菜和苏州菜。周孝华生在合肥，长在苏州，对于两地的传统菜式都很擅长，她总是想着法子让充和吃得更好。有段时间，充和回来点名就说不吃鸡，因为在美国鸡吃够了，但周孝华还是照常给她炖了鸡。充和喝了鸡汤，吃了鸡肉后连说很鲜，问是什么鸡。原来，这是太湖农家散养的土鸡，炖出来的汤黄灿灿的，鸡骨头很硬，鸡肉很紧，不像洋快餐的鸡，个大却不香。合肥的小菜，苏州的湖鲜，还有充和外婆家的扬州烂面饼等，充和回国后都很爱吃，有一次她吃大闸蟹后还能拼出来一只完整的蟹。

最让周孝华印象深刻的一次聚餐是 1949 年 1 月，那时充和新婚后带着洋新郎傅汉思回苏州。周孝华说，实际上就是回娘家嘛，当时大家都很担心四姐，担心她会不会受欺负，大家就说试试洋女婿的脾气。于是周孝华做了一道粉丝汤，请傅汉思用筷子食用，傅汉思用筷子挑粉丝虽然有点费劲，但用得还算比较熟练，而且他脾气很好，一直是笑呵呵的，充和还拍拍他的脸说，你看他很老实的。全家人都很释然。后来几次傅汉思回国，全家上下都很喜欢这个从不发脾气的洋女婿。

周孝华发现充和去美国多年却仍一直喜欢穿中式服装，为此周孝华就买了布料，合肥的那种老式扎花布，纯天然的，请裁缝师按传统剪裁制作，衣襟、盘扣什么的都讲究些，基本上一次做十件，从短衫到旗袍都有，被子也做过，给充和寄去。充和自然很高兴，她说美国的衣服设计和做工都不好，而且在美国用洗衣机，衣服很容易就洗坏了，但这些衣服就不会坏。当然，衣服寄过去，有时也会被在美国的中国晚辈"劫走"几件，蛮好玩的。

早在前些年，周孝华就与先生张寰和商量，要派个亲人去美国照顾张充和，当时就打算让儿子或女儿去，但是因为签证问题未能通过。于是周孝华又寄希望于充和能回国安度晚年，最好回到苏州家里来，这样也好有个照应，但充和一直没答应。大家都说她已经洋化了，不愿意回来，她也不愿意拖累大家照顾，而且她的闺房在20世纪60年代已经被拆除，没有了自己的房子，心理上可能也无法接受。

充和在晚年时曾多次回国小住，并出席过一些公共活动，作为贴身陪同的亲人，周孝华从来都不会主动去搀扶充和。她说充和这一点很厉害，凡事坚持自己动手，在行动上自己能行绝对不要人扶的，但是周孝华总是会相伴左右，譬如在经过不好的路段时，她会随时准备去扶住可能出意外情况的充和，但是一般情况下则尊重其生活习惯。

2014年11月，张充和唯一在世的弟弟张寰和在苏州去世，周孝华一直不让人告知充和，担心她情绪激动，影响身体。2015年6月，张充和在美国去世，周孝华心情复杂，久久不能平复，她一直觉得要是在国内还可以再活些年。有一次听说充和在美国的房子要处理了，她几次托人要房子的照片，说要作为纪念，最后拿到房子的照片后，她端详良久，说可惜了，里面应该多拍几张的。

张充和回到苏州家中,与五弟张寰和合影

张充和、傅汉思(前排)回到苏州与张寰和、周孝华合影

充和四姨曾住在我家①

雨下不停，玻璃窗望出去，大片的上海老洋房屋顶，经过雨水的冲刷，格外地具有历史意蕴。洋房的边界是拔地而起的群楼，一幢比一幢高，高到不可企及。当年，年过九旬的张充和女士就是这样远眺着窗外的吧？

"是的，四阿姨就是这么望出去的，她常走到阳台朝外看看。"年过八旬的孙天申女士②满头华发，举手投足间都是闺门旦的余韵，她的声音轻柔而富有韵律。

1982 年 1 月 14 日，美国时间，在夏威夷檀香山，孙天申应邀参加一个在博物馆的昆曲演出，现场来了很多观众，当时她的角色是《牡丹亭》的杜丽娘，春香的扮演者是语言学家李方桂的夫人徐樱。演出前的排练现场，站着一位昆曲女演员，她看徐樱的"春香"不是太好，就说我来吧。两人一试戏，效果大好。女演员就是张充和，徐樱一直跟她学昆曲。

张充和当时另有角色，在《牡丹亭》的另一折《思凡》中，她固定扮演杜丽娘。

---

① 笔者于 2015 年 6 月 28 日下午访问孙天申女士，次日写就此文。

② 上海昆曲研习社著名曲家孙天申女士已于 2016 年 1 月 31 日在上海去世。

演出时,孙天申的大小姐稳稳地,优雅到底,充和的春香不但演得好,唱得更好。孙天申从六七岁就跟着爸妈在上海看昆曲,一生中从未离开过昆曲,回来还拜俞振飞为师学艺,她说四阿姨的昆曲是传统的,老早的时候就是这样子的,所以听起来尤其觉得亲切。

两人的演出圆满结束,大幅剧照被刊登在当地报纸的头版,题名"中国戏曲时间",这是两个人的名字第一次被排在一起。从此,两人就没有断过联系。

一曲终了,两人相伴游览夏威夷。张充和住在纽约,孙天申住在夏威夷,两人都有美国驾照,但是都不开车,结伴而游,看海看山看戏,还经常在一起拍曲。

1983年,张充和回国探亲。她为昆曲而来。回到阔别多年的北京,张充和来到北京昆研社并做感言:"我到国外已经卅四年了。初到美国的时候,提倡昆曲的,项(馨吾)先生在东部,我在西部,还有李方桂夫妇,我们在三个地方,联系不多,我很奇怪,那里有些中国人听到昆曲竟哈哈笑,但美国人却不笑。这使我很不好意思,心里很难受。有些中国人学了点外国音乐,并不了解什么叫民族音乐。这些中国人不大看得起自己民族的东西。我想我要发扬昆曲艺术,不从他们开始,因为他们'崇洋'。我从另一个途径,教外国人,开始教他们我们的民族音乐、戏剧、舞蹈,主要从文学、音乐、舞蹈开始。"

充和教的学生中,有博士、硕士,有学民族音乐的,有学昆曲、学吹笛的,他们都很出色,让充和为之欣慰。充和后来写了两句诗:"不须百战悬沙碛,自有笙歌扶梦归。"她说:"不需我一个人在那里苦战了。"

张充和来到上海,住在孙天申家里。那时孙天申还住在老房子龙门村里。两人相差近二十岁,孙天申喊充和为四阿姨。由此,孙天申还结识了与昆曲有缘的张元和、张允和。因为爱昆曲,孙天申经常往返中美参与演出和曲会。多年前,上海昆剧团众多名角得以第一次登上上海大剧院的舞台演出,与曲家孙天申数万元的资助关系密切。孙天申曾疾呼闺门旦的后继乏人。

孙天申身上的人戏合一,让充和生出了亲切吧。2004年,她再次回国,仍旧住在了孙天申家里。天申女士新居在黄浦区一幢高楼上,视野开阔,闹中取静,就靠近城隍庙。年事已高的天申女士回忆,充和大概住了十来天,就住在她女儿房间里。天申女儿远嫁美国,房间正对着大阳台,多面开阔,房内摆设红木家具,雕刻着成架的葡萄和美丽的花纹。

天申女士带着我一一参观,然后落座,指着我坐的客厅沙发位置,说,四阿姨每天四点钟起床,自己冲咖啡喝,然后练字。充和女士住在天申家,衣食简单,自己照顾自己。天申女士说,她家对面就有很多饭店,四阿姨饮食随便的,喜欢吃江浙味的虾仁和鱼。闲暇时,两人去城隍庙逛逛,顺便尝尝小笼包。

住在天申家,最大的节目就是拍曲。几乎每天都有曲友上门来,有专业名家,有寻常曲友,笛声悠悠,昆音袅袅,春光煦煦,那是充和最惬意的时光吧。还常常有人跑来问充和讨要书法,写个条幅,写个扇面什么的,满意而去。

《寻梦》《絮阁》《琴挑》……充和一曲接着一曲,总也不嫌累似的。同在有"传"字辈传人倪传钺和上海曲家叶惠农、甘纹轩等诸位。充和对曲友俨然亲人,直到临别时还说:"我明年还来。"

这是她最后一次回国。孙天申至今还记得,充和当时说了自己的孩子,说他们的趣事,还说充和会讲上海话。

从此,孙天申与张充和的联系只能依靠书信、电话,每逢上海报纸有充和的信息,她都保存。有时她也自问:四阿姨是才女,什么都会,我除了唱曲什么都不会,怎么就和她成为好朋友了?

昆曲有缘。充和去世前一段时间,孙天申还与充和弟子安娜女士联系,说想去美国看看四阿姨,听说四阿姨已经神志不清了,但还未及过去,就听人说四阿姨已经去了。此后几天,孙天申都在报纸上寻找相关信息,但一直没有寻到,直到有一天看到了充和去世的报道,心里黯然,遗憾不已。

孙天申精心珍藏着充和送给她的字幅,落款处写着"天申留擦锅底",可见谦虚、幽默。孙天申说太好玩了,要好好收着。

最让天申怀念的还是充和的昆曲,"她唱的是标标准准的昆曲,她主要是唱,唱比演多,可见功底,她唱得字正腔圆"。

张充和在美国夏威夷与曲友孙天申对演昆曲

回忆四姑张充和①

　　昨天一打开微信，就看见亲友群里说四姑去世了，心里一紧，止不住想流泪，但是还是不相信，赶紧打开电脑看，只见网上一片全是悼念四姑的文章，眼泪就下来了。

　　网上都说她是才女，最后的闺秀……可是在我心中她永远是我至亲至爱的亲人！是夜，无眠，点上一支奇南香，与四姑相处的日日夜夜慢慢浮上心头。

　　记忆最清楚的是 1984 年她特地到贵阳来看我们，说要看看她最欢喜的大弟生活工作过的地方。一下飞机，她就搂着我妈妈流泪伤心。她在贵阳住了近一个月，在这一个月的时间里，她常常夜不能寐，起来摘抄我爸爸的日记。如今，我整理爸爸的日记，看见日记本里的折痕，就像看见四姑坐在爸爸的骨灰盒前伏案抄写的样子，就像看见她独自一人抚着爸爸的照片流泪的样子。从前我并不是很理解父辈们的情感，最近几年我开始整理我爸爸的书信日记，才逐渐地理解他们的那份情意。书信当中虽然说的都是家长里短，言词中却深藏着浓浓的思念和关切。在 60 年代我们最困难的时候，四姑常常寄东西来给我们，那时候接到四姑的信是我最

　　① 此文乃张充和大弟张宗和之小女张以䁀于 2015 年 6 月 19 日充和去世后所写。

高兴的事,因为说不定在信里就藏着好吃的东西。从吃的到用的,糖精、咖啡、奶粉、罐头、衣服布料……无所不包。那时候收外国的包裹是要收费的,很贵,有时候比寄来的东西还贵,爸爸老是叫四姑不要寄东西,却又不告诉她要交费,后来四姑知道了要收费,后悔了好久。爸爸常常在信封里给四姑寄点茶叶,虽然只有那么一点点,四姑高兴地说,自从到了美国,就没有喝过这么好的中国茶了,但是马上又说她胃不好,医生不要她喝茶……我现在想想,她是怕我们花钱,麻烦。爸爸有时候给四姑寄点宣纸或者贵州产的皮纸,她总是想办法要寄更多的东西来。

当她知道我爸爸去世的消息后,给我们写了一封信,信说:

以靖、端、珉:

知爸爸逝世消息,真不知如何措手足,路远山遥,不能一见遗容,一抚骨灰,不能同你们抱头一哭。你们爸爸小我一岁十二天,我们玩得多,吵得亦多,通信亦通得多,我几次申请回国都没有成功,现在打倒"四人帮",即使成功再也见不到他了。但是我永远爱你可敬的妈妈同你们下一辈再下一辈,愿你们健康上进,在我死前能见到你们就是幸事。听说丧礼十分隆重,你们爸爸为人是受之无愧的。

希望你们常给我来信,消息不断就是我最大的安慰。心乱不能再写……以后谈。

四伯伯泣书 1977.8.8

父亲去世后四姑常常和我通信，教我书法，给我开了许多练字的帖告诉我怎样写字，常常鼓励我好好工作学习。下面我摘抄一部分四姑给我的信。

你既然要同我学写字，若对面教授，方法就不难了，至于函授呢，先不能讲空话，《鲜于璜碑》我不曾临过，也不曾看过。华山、张迁我都临过，来信未提及楷书，重要兼实用还是楷书。记得爸爸寄我他临的《圣教序》，当然你们一定有楷书，若用心临褚遂良的《孟法师》最好。但要紧的是你身边有些什么楷书行书帖。下次来信告诉我。我现在亦在临帖，去年还临了一百遍虞世南的《兰亭序》，我经常写隶同楷，行草不经常临，有好帖时（有时借到）就临一至十遍。

77.11.13

听说你们出了本纪念爸爸的集子，叫《思念》，有妈妈名字在内，很适当。不知可否寄出给我（不必为难，顺其自然）。许多朋友过世如陶光、查阜西我都有诗，唯有你爸爸，我一个字也想不出，回忆也写不出，提起笔就不知如何是好。寅和二叔我勉强作一首诗，连韵也懒查。

78.5.25

你的"明月几时有"中楷非常雅致，有点像你爸爸的。你同爸爸的字体都是长方形,如要在这上面加功夫要写大小欧(欧阳询与通),大欧以《九成宫》最好,小欧则是《道因法师碑》好。此二种字都是又紧凑又开放,没有唐朝人书匠气。是近于六朝碑而又有规矩。……

78.7.11

以珉:我回国前八月初一寄包裹到贵阳,不知收到没有,如今已有三个月了,内容:料子:灯草绒,红格绒布,条子布,灰布。毛线:深蓝,咖啡。头发夹子 60 个又发夹子 2 个,短裤 4 条。若到了来信提一声,怕有遗失。四姑又

以珉:收到你寄来的扎花布及旗袍、帽子等,旗袍正合身,再小就穿不上了。我腰身同 78 年差不多,谢谢你。寄费一定很贵。这类料子美国商场还没有,据说香港有,但很贵。

86.3.6

看看这些泛黄的信,虽然讲的都是些琐碎的事,但是句句都是真情实意。四姑是一个非常重感情的人,说话爽利。她曾经说她一辈子最遗憾的是没能帮我父亲出一本书,为了出《秋灯忆语》,她亲自手抄了一份稿子,自己又去请巴金先生作序,虽然巴金先生因为有病未能提笔,但四姑费了许多心思。如今,《秋灯忆语》已经出版了,四姑一定也会安心了。

回想四姑在贵阳的日子,点点滴滴都在眼前。我和她一块上街吃小吃,四姑吃了贵阳的甜酒粑喜欢得不得了,到了美国还在家里做了吃。在贵阳街上,她要我打耳朵眼,我不干,她说:"撒切尔夫人都能戴,你为什么不能戴?"我只好打了,她立马把她耳朵上的一对珍珠耳环取下来给我戴上。这对耳环一直戴在我的耳朵上,虽然后来我有了许多各式各样的耳环,可是这一对是我的最爱。我还自作主张地带她去戴哥哥(戴冰,贵州的书法家、作家,爸爸的好朋友)家,想不到他们相谈甚欢,四姑说他(指戴哥哥)是个老实人。说起我的四姑,真的有好多好多说不完的,只是一想起她心里就不由得难受,天亮了,四姑,你看见了吗?点上一支奇南香,我知道,你和我爸爸都喜欢奇南香,我想你和我爸爸在天堂一定见面了。

附录:

　　张以珉是充和先生大弟宗和先生最小的女儿,大家叫她"张小妹",我们几个孩子就叫她"小妹孃孃"。小妹孃孃性格极外向活泼,喜谑语,每次见了她回家,耳朵里余响不绝的都是她的大笑、她的俏皮话——这种性格至老不变。她行三,于是我父母开玩笑,给她取了个外号"张三疯"。她父亲宗和先生,我叫"张公公",那时我太小,对他几乎没什么印象。张公公去世的时候我跟着父母去师大吊唁,浑然不觉气氛与往常有何不同,仍旧跟几个孩子四处乱跑叫嚷,从一处高坡模仿解放军冲锋下山,刹不住脚,一手拍在一株松树的树杆上,不想上面爬满搬家的毛虫，掌心被刺得稀烂，至今想来还觉肉麻。我有一张赤膊和张公公一起的照片，他高大魁梧，留着现在很难看到的小胡子，只是神色阴郁——因为那正是个阴郁的时代。有人看了这张照片，说像是大罗汉与小沙弥的合影。

小妹孃孃退休前在贵州师范大学中文系图书馆工作，那个时候，她就开始念叨，说退休后要把父亲的许多资料整理出来，其中包括数十本日记、信件及各类文章。退休后，果然全力以赴，很快就把宗和先生抗战期间的一部长篇回忆录《秋灯忆语》整理出来，前年已由人民文学出版社出版。我曾看到几通她整理出来的充和先生写给宗和先生的信，除家常寒暄外，有大量讨论昆曲、美术和书法的内容，我极喜欢，想在我编辑的《艺文四季》杂志上做一期专辑，不想我调动离开，此愿不遂。

《怀念四姑张充和》是小妹孃孃为《黑白纪》所约而写，后附之信件内容为首次公布，这里，特向她表示感谢。

借此文祝充和先生在天之灵安息。

戴冰

她的名字写在水上①

2015 年 6 月 18 日早晨,我离开京都,前往神户,正在下雨。列车行驶在山峦之间的轨道上,透过错落有致的建筑,可以看到山间的雾气,在微雨里缥缈。车厢里平静如常,站在座位的靠背处,看很多人在安静地阅读纸质书。由此联想到前日在东京看到神保町书市的壮观,更联想到当年张充和女士在此"淘宝"中国碑帖的旧事。

手机响动一下,打开看,是一则短信,说张充和女士仙逝,看到安徽同乡亦书友朱晓剑也转发此消息,后发现已经是铺天盖地的消息了。出国前关闭了电话功能,于是 QQ 和信箱里涌来了不少的信息和留言,记者采访、友人问询,出版社的一位编辑还从英国向我表示问候,叫人感动。

记得来的时候,刚写过一篇长文《笙歌扶梦 归去来辞》,是为充和女士庆祝一百零二岁生日作的,当时特地去了一些地方走访,也是这样的小雨天,连绵着下。在九如巷张宅门口,站在雨里,张寰和的夫人周孝华女士与我随意谈论着张充和女士的风雅趣事。张寰和先生于 2014 年冬去世,周奶奶说起这姐弟俩的事颇有兴

---

① 此文应《新京报·书评周刊》所写,当时在日本出差,文章从神户开写,到广岛一个酒店结尾。

致，好像这姐弟俩就坐在院子里的古井边喝茶，我们俩在门外窃窃私语他们的寻常家事。

说实话，真不知道该对记者说些什么，我只是想到充和在去国多年再还乡时，说自己一个字都写不出来了。这种情况还出现了一次，张家大弟张宗和先生于 1977 年病逝，与之跨国通信 28 年却始终未能相见的张充和听闻后，怔怔地说："这一次，我一个字都写不出来。"

这对姐弟因为爱好昆曲，南北西走，寻找同道，即使是在新中国成立后一段纷纷乱乱的时期，他们也没有断了对昆曲的钟爱和交流。在充和女士辞世之际，我还是想到了他们的谈艺往事，以及附着在艺术往事之上的生活态度。

昆曲：一生爱好是天然

张充和的名声似乎总与昆曲有缘。

我最初写作张家的事就是写充和，写充和对昆曲的贡献。当时摸索着走进九如巷，开门的正是周孝华女士，她领我去见了张寰和先生。说起四姐充和，张寰和先生娓娓道来的，是那些别具意趣的家事。

李鸿章的侄女识修嫁到张家多年，膝下无子女。张冀牖的夫人陆英产下四女充和后，奶妈奶水不足，同时同情叔婆婆晚景，决定将充和交给识修收养。于是，尚在襁褓里的张充和就被识修抱回了合肥张公馆生活,从此一过就是整个少年时代。当姐姐们在苏州、在上海接触都德、田汉、郭沫若、鲁迅等人的作品,并"知道"胡适之时,张充和还在合肥龙门巷里临帖,翻阅祖父收藏的曲剧旧书。

母亲、叔祖母相继去世后,十六岁的充和回到了苏州九如巷的家,此时她跟着父亲请的昆曲老师学昆曲,她的老师是"传"字辈演员的老师,皆是最后的名师。充和少时看过的曲书一一浮上心头,原来这些诗词是可以唱出来的。

后来,张充和考进上海的务本中学,又以数学零分考进了北京大学,至此,她的曲事从未断过。在北平,她与在清华大学就读的大弟宗和一起参加了俞平伯的谷音社,还时常组织曲友为名角捧场。再后来姐弟俩跑青岛、南京、呈贡、成都等地拍曲不断,还在贵州、云南等地组织曲社,直到 1949 年,张充和与傅汉思结婚,去国赴美,姐弟俩的昆曲雅事只能通过信纸交流。

我查了一下张充和夫君傅汉思先生记录的充和北美昆曲演出记录,发现充和在 20 世纪 50 年代至 80 年代,昆曲演出和演讲活动不断,她先后在北美地区二十三所大学里完成了昆曲演出和演讲。傅汉思记录:"她于 1964 年和 1965 年在麦迪逊的大部讲课和演出,均已收入斯考特的著作《中国传统戏剧》第二卷。《思凡》和《十五贯》两剧也由威斯康星大学出版社出版。"

演出时,没有笛师,充和就自己吹,先录音。中国笛子到美国会开裂,她就选用合适的金属管子,自制笛子。化妆无人梳大头,她就自己动手做了一种"软大头"随时可以套上。她自己做贴片,还用游泳橡皮帽吊眉。有杜丽娘,没有春香怎么办?充和后来就用陈皮梅"引诱"洋闺女学昆曲,八九岁的女儿艾玛上阵后真是不含糊,后来能唱二十多折戏。充和在给弟弟的信中一再说,要让孩子学说中国话,学习一些中国的传统文化,她还信心满满地夸奖艾玛学习昆曲的水平在不断提升。

1968年,在美国哈佛大学任教的余英时先生看了充和的演出《思凡》,赋诗一首:"一曲《思凡》百感侵,京华旧梦已沉沉。不须更写还乡句,故国如今无此音。"

1983年,张充和回到阔别多年的北京,来到北京昆研社并做感言:"我到国外已经卅四年了。初到美国的时候,提倡昆曲的,项(馨吾)先生在东部,我在西部,还有李方桂夫妇,我们在三个地方,联系不多,我很奇怪,那里有些中国人听到昆曲竟哈哈笑,但美国人却不笑。这使我很不好意思,心里很难受。有些中国人学了点外国音乐,并不了解什么叫民族音乐。这些中国人不大看得起自己民族的东西。我想我要发扬昆曲艺术,不从他们开始,因为他们'崇洋'。我从另一个途径,教外国人,开始教他们我们的民族音乐、戏剧、舞蹈,主要从文学、音乐、舞蹈开始。"

充和教的学生中,有博士、硕士,有学民族音乐的,有学昆曲、学吹笛的,他们都很出色,让充和为之欣慰。充和后来写了两句诗:"不须百战悬沙碛,自有笙歌扶梦归。"她说:"不需我一个人在那里苦战了。"

充和对于昆曲,就像是对于自己真实的生活状态。早期时她与夫君初到美国的窘境,鲜为人知。她卖掉了祖传的徽墨,进入大学图书馆做工,贷款置房,自种蔬菜,兼职赚取家用,自己爬树锯树枝,用废纸片的反面写信……境况渐渐好转,充和却始终看淡生活,她对弟弟说:"我是抱定了'十分冷淡、一曲微茫'过活。"最高兴的事就是有人跟她学昆曲。

抗战结束那一年,充和回到苏州拙政园。颓废的园林,迎来了联合国教科文组织的专家,他们来看昆曲,充和领衔表演《牡丹亭》,扮杜丽娘。那一次,充和唱曲吐血。后来她到美国院校讲演,再次出现了旧症,她致信弟弟叙述情况:"久不提笔写信,你不能想象我的身心如何忙,一台戏四十分钟,从场面起到一针一线,都是亲自顾到,戏演了后又是倒下。先是在演的前后病,胃一直疼,呕吐。可是上台并不吐。正如我在苏州义演六场时吐血①情形一样……这次的辛苦所得为何? 这是常常自问的,也不能自答。反正爱好的东西不能用价钱买,也不计算时间与精力……"记得充和曾自己刻章一枚——"一生爱好是天然"。这是《牡丹亭》的词,是她演了一辈子的戏。

水:流动的斯文

身在苏州,发现很多人并不知道九如巷张家,对张充和也只是停留在唱曲的模糊概念。我一次次走进张家,也走近了曾经接触

---

① 1946 年拙政园演出,张充和出现了吐血症状。

过张充和的张家人,并有幸寻找到了张充和早期编辑的《中央日报》之副刊《贡献》,找到了她发表在私立乐益女中刊物上的旧文,以及写于抗战前后的诗词。在与张寰和先生多次交流后,终得写成两册《流动的斯文——合肥张家记事》。

这本书的名字来自张家的家庭刊物《水》,张充和多次为《水》的封面题词。《水》从 20 世纪 20 年代一直办到了今天,现在的主编为沈龙朱先生,张兆和与沈从文的长子。前段时间,我主动请缨,编辑了一期张寰和先生纪念特辑,深感一本家庭刊物编辑的劳累和琐碎,辛苦自不待言。《水》也见证着张家"和"字辈的老人一位一位地辞世,2003 年秋,傅汉思也去世了。

张允和的孙女周和庆去看望四姨奶奶充和。四姨奶奶的楼房简陋,布置朴素,楼道都是书籍和纸箱,墙壁上还有水渍印痕,一切都是那么陈旧,恍如梦境,这梦境一直持续到和庆离去,偌大的房子前有个瘦小的身影冲她轻轻地挥手……

2004 年秋,充和回到苏州小住多日,那是她最后一次回家。她每天都住在九如巷老屋,凌晨三点钟起床练习书法,周孝华做好早饭喊她休息就餐。那一次,她还尝试着用桶从老井里打水。沧浪之水、太湖之水、城河之水,都令充和无比怀念和眷恋。看她小时候办游泳证拍照,故意歪着脑袋瞪着眼睛,说这也是证件照。早年时她更是与继母、三姐兆和身着泳装跑进苏州城内河道游泳。

水

元和漢思紀念特刊

復刊第廿四期

二〇〇四年七月

《水》复刊第 24 期

2004 年 7 月 15 日

《水》复刊第 24 期封面

张寰和先生曾回忆，说四姐腰包里有钱，常常请他和同学们一起出去玩，有一次带他去看西湖，看西溪的芦花飞雪、土坝流水，真是至今难忘。1949年，四姐带着新婚的洋夫君回到苏州家中，尝一尝老井的水。周孝华说，当时家里担心洋人欺负四姐，就故意做了顿粉丝汤，看看他使筷子的样子，傅汉思一如既往的憨态可掬，令张家人全然放心。

到北京沈龙朱家中，看他为四姨手绘的各个时期的画像，淡然、清雅如水。来日本之前还得知沈龙朱、沈虎雏兄弟将于9月受邀赴美，届时一定会去看看曾住在一起的四姨，四姨在他们的少年时光占据着重要的位置。只是这个遗憾也成为永远了。

淡然一生里，她在乎什么？

2011年，诗人郑愁予去美国拜访张充和，两人不急不慢地聊着旧事、文学。充和说："从十六岁起，我就是一个人了，我什么事都经过，抗战啊，什么困难啊，什么日子我都能过，我不大在乎，没有什么了不起的事。"

经细细梳理，我曾发现充和早期写作的一篇《晓雾》，记述了她记忆里朦胧的母爱，像晨间的秋雾，淡淡的；像刻痕，深深的；又像是睡梦里无意中抚触的手。那时充和跟着叔祖母识修从合肥回到苏州小住几日，母亲陆英乘坐人力车送她，母女俩同乘一车，雾气袭来，母亲头上、脸上都是水汽，充和说她看不出来是雾水还是泪水……文章发表近三十年后，已为人母的充和从美国致信大弟宗和，说无论如何自己都要和孩子们在一起，因为她深切体会到了母爱的意义,并说"(孩子)种种不听话、不怕冷,也是因为父母太保护了。我当初虽然无父母保护,却仍是不保重身体,原因是并无责任。现在有了孩子,觉得他们需要我,我病了他们怎么办,所以也就特别保重了。这似乎是天地生成的……"(1961年8月1日)

2014年,央视摄制组拍摄张家故事,尤其是张充和的故事,在苏州拍完后,王导演后来赴美国拍摄。回国后,王导演说,拍摄的时候,充和的儿子一直陪着,很好地服侍充和,很是孝顺。由此不难理解,充和为何一直坚持留在美国生活,直到百年之后。

总觉得,充和在乎的还有一样东西。

曾在台湾师范学院任教的陶光于台北过世后,人们发现他把自己的未刊诗集寄给了在美的张充和,汪曾祺撰文说陶光对充和倾心,但充和是无意的。当然,对充和倾心的也不止陶光一位。最近看到陶光在出事前曾致信张家大弟宗和,每封信都提及"四姐"充和,说担心她在美国是否生活习惯,英文是否够用,还遗憾不能一起唱曲,并索要"四姐"联系方式,有心去美求职。

陶光去后多年,充和每提每伤心,还对大弟宗和说了陶光的真实心声,并对他遭遇不测颇为愤愤。她的悼诗可谓一语中的、字字见心:"致命狷狂终不悔,与生哀怨未全埋。檐冰炉火从今歇,莫遣沉忧到夜台。"以充和在美国对周围朋友的仗义,如果与陶光同在一个城市,势必会施以援手,只是历史无法假设,徒留友谊尚在人间。

漂流的青春,无意间的继承

为了编辑张充和的文集,我前后去了一些地方,还特地去了合肥,根据张充和早期文中的描述,找到她幼时生活的地方龙门巷所在地,可惜故居已经拆除。我还找到了她与信仰佛教的识修常去的明教寺,寺后有条小巷名为"西蝴蝶巷"。这些旧地,成为她随笔里的温馨素材,点点滴滴,汇成极富品味的哲理小品。

"一曲潇湘云水过,见龙新水宝红茶。"这是抗战时期,流落云南呈贡时张充和的坦然。她生在黄浦江畔,再回到江淮之滨,母亲去世后才回到江南水城,没几年即南下北上,其间疯跑青岛海滨四处拍曲。抗战时,四处躲避,直到暂时偏居两江交汇地重庆。在这座长江山城,充和的书法得到了突飞猛进的进步;在这里,她遇到了书法老师沈尹默;也是在这里,她成就了一幅颇具传奇性的《仕女图》。

抗战胜利,张充和回到苏州,当掉首饰,书写校名,义务代课,复兴张家私立乐益女中,此时她的父亲已经去世多年。她自己的整个青春时代都是在漂泊之中,只是流动的不只是水样年华,还有脉脉斯文。

张充和总是会无意间继承一些什么。有段时间,在美国耶鲁大学访学的翻译家刘文飞去看充和,刘文飞是安徽人,且会合肥话,两人一对上乡音,顿时引来了充和的兴趣。"她向我打听合肥的变化,说出一些我从未听说过的街巷名称,但她提到的明教寺

(俗称菱角台)我是知道的,我告诉她我上中学时这家寺庙曾变成一家五金厂,破败不堪,她闻之摇了摇头。她说她家当时就在寺庙附近,她常被寺庙中飘出的诵经声所诱惑,便跟着学唱。说到这里,她情不自禁地唱了起来,唱了好几分钟。她吟唱的佛教诵经声让我震撼:震撼之一是,一位近百岁的老人竟有如此温润、纯净的嗓音,宛若天籁;震撼之二在于,常在佛教寺院听到录音机反复播放那枯燥诵经声的我,一直无知地以为佛教音乐难以称之为真正的音乐,但听充和先生吟唱她童年偷学到的诵经声,却顿时让我对佛教音乐刮目相看。"

2004 年秋,年过九十的张充和女士回到苏州,海外昆曲社陈安娜、尹继芳(充和昆曲助理)等人随行。她此行完成了一项重要的工作:录制昆曲。录音地在苏州十全街,张充和早早地从九如巷过来,认真准备,为一个调子要琢磨好多次。但她工作时一点也不严肃,还经常逗笑大家。录音一录就是一整天,有时候还要加夜班录制。午饭是周孝华在家烧好,骑着黄鱼车从九如巷送过来的。如今,这批录音成为昆曲传承人最重要的依据之一,也是昆曲爱好者欣赏昆曲原音的必听曲目之一。

与济慈:不经意间的结缘

"十分冷淡存知己,一曲微茫度此生。"看不少人撰文称充和此句名言来自济慈的墓志铭:"此地长眠者,声名水上书。"令人惊喜的是,充和早期就读过济慈,而且还译过有关济慈的诗论,写作者正是来自西方的"东方学者"小泉八云。一位西方男子,因缘巧合,最终落户在了东方,成就了自己的文学梦想;一位东方女子,嫁于西人,最终在美利坚成就了她的国学传承。历史上的文字结缘,恐怕都是不经意间的意外吧。

6 月 19 日,接到在美国的尹继芳、凌宏(张元和的女儿)给我的邮件,都提到了充和的后事,尹继芳说:"她儿子、女儿已决定不办传统式的追悼会,没有大殓和瞻仰遗容。昨天下午殡仪馆已将遗体带走,今天儿子、女儿去办手续、缴费,明天火化。一个月后在耶鲁大学办纪念会。"

一切的一切,还是让我想到了济慈生前自撰的墓志铭:这里长眠着一个人,他的名字写在水上。

是的,她的名字已经写在了水上。

张元和与张充和(镜内人)拍摄艺术照

张充和回到苏州家中从老井中提水

史景迁、金安平为《小园即事》题词

2013 年 12 月 4 日,广西师范大学出版社理想国发了一条微博:"史景迁明年春天要来中国,我们会安排一些城市的讲学交流活动,也不知道哪些地方的读者兴趣更大些?"顿时引起了数百人的转发和评论。史景迁先生在中国的影响力早已超出一位历史学家的范畴,先生的个人魅力已经形成一种特有的学人风尚。作为一个追读多年的"铅丝"(史景迁的粉丝),我一直关注着他在北京的几场讲座进程,令人欣喜的是,史的夫人金安平女士、著名学者郑培凯先生也会一同到场。金安平是《合肥四姊妹》的作者,是张充和的好友,对张家文化的传播起到了开创性的作用,尤其是将其传播到了国外。香港城市大学中国研究中心主任郑培凯为史景迁的第一个博士生,被誉为"全天候人才",他的小品文极得中国传统文化真传,有宋时古风,有张岱遗韵。巧合的是,郑培凯也是张家的亲戚,郑先生与夫人鄢秀(著名学者)常至九如巷"报到",恭称张寰和、周孝华为表舅、舅妈,其中的渊源要说到张冀牖的继室韦均一及上官云珠家族了。

北京、西安、成都……史景迁、金安平、郑培凯三人组在出版社的精心组织下,进行着一场场精彩的讲座,每次都座无虚席,具体可以看微博实况。终于等到了最后一站,上海复旦大学,不能再错过了。提前拿到联系方式,摸到入住酒店后,我早早赶到酒店附近

一家烩面店(话说高校附近的牛肉烩面颇为便宜)候着。2014 年 3 月
25 日下午,史景迁、金安平、郑培凯如约而至,能够看出来一身的
疲惫,毕竟旅途劳累。但说明是有关张家文化后,三人仍旧依次坐
下来,就地在大堂茶吧里聊了起来。轮到我与金安平对话时,史景
迁就静静地坐在一旁听着,不时地望望我们手里拿的资料。我们
谈了张家兄弟的情况,说到如今只剩下了张寰和先生,金安平颇为
黯然,说很久没去看他了。又说到张宗和的日记和自述出版情况,
可惜我当时未能带一本给她。接着说到张充和的近况,说张充和
文集的整理情况,金安平拿着打印书稿向史景迁做着英文介绍。
当我提出让他们为此书写点什么时,他们欣然答应,说要好好想
想,讲座结束即写上。短暂的会面后,原定于第二天清晨取件。晚
上我突然想到了金安平对未能看到张宗和书的遗憾。于是连夜赶
回去取,然后乘坐第二天最早的火车赶到酒店递上。史景迁、金安
平、郑培凯的题词全部题写完成,认真、工整,富有诗意。其中可见
他们对于张充和的情谊。外面大风大雨,头天夜间马航失联事件
正式公布为坠毁,几多哀伤,但人类的情感因此凝聚得更为紧密。
不由得想起了自己读到史景迁的第一本著作《王氏之死》里的悲悯
和温情,想起了他安静地坐在一旁听妻子说话的绅士风度;不知为
何突然想起了张充和的那幅字:十分冷淡存知己,一曲微茫度
此生。

一生愛好是天然

隱堂敬題

郑培凯在张大千仕女笺上题签

回忆杂录

二姐来电话问我,记不记得我用头发拴屹蚤的事,我当然记得。初中时,有一夜我们一同住在乐益女生宿舍的同学忽然大笑起来,我们以为她是梦呓,问她却说:"我想起兆和问妈蚊有没有鼻子,为什么什么好吃的东西它们都能闻到。"我是用头发绑过屹蚤,不但绑,而且把它们绕在手腕上,没想到不一会儿,我的手腕全给咬肿了——这是我中学时代一件顽皮可笑的记忆。

暑假中,大姐大夏大学的同学来访,大姐不在家,由我接待,一同游览苏州的庭园。我们划船时,有人打谜语,要人猜,"忆往昔,丝鬓婆娑。自归郎手,青少黄多,受尽了许多磨折,历尽了无数风浪。莫提起,提起珠泪洒江河"。我想,这不是竹篦吗?"对对对!"大家鼓掌。又一个谜语:"怎禁得她临去秋波那一转?"我笑了:"这是《离骚》!"大家为我鼓掌。

来访的人中,有个大夏大学的男生,后来在抗战长沙撤退时,他下令放火烧长沙,损失惨重,受到正法。这人的名字我记不得了。

寿宁弄在胥门内,是个非常逼仄的小胡同。可是走进胡同不远就是我们居住多年的八号大院。这院子的大门前有照壁,是逢年过节看热闹的场地。一进大门,有轿厅,再进西厢去,是我姨祖母的佛堂,有个吃长斋的老姑娘长年在烧香供佛。她的窗外有一株茶花一株腊梅,两棵树下绕着茂盛的秋海棠。再进去,是一个砖砌的空院,门楣上是"一景"。然后是五开间的两层楼房。逢年过节,西面两间,挂起了曾祖父的画像,中堂祭祖宗,旁边留下一间作过道,前后来去有路可走。

爸爸吃饭有一个习惯,用嘴擦碗边。碗边若有缺口,肯定会擦伤他的唇。有一次,他竟拿起饭碗,轻轻往地下一掷,旁边人连忙去抢,没有来得及,觉得十分可惜,爸爸却对他微微一笑。

爸爸同大大的卧房就在过道东边。大大常在过道梳头。大大楼上是对着花园池塘的窗,老鹰常在柳树上啼唤,就是我题"池旁柳上有老鹰"的那间。楼下再往北,有大大的书房,她就在这间书房记账、练字。郑板桥的道情、渔、桥①、耕、读、老头陀、老道人,我们都是从大大写的正楷中知道的。爸爸有时从前庭走到大大窗前,同大大交换什么意见,又去做他的事。这个小院靠花园的花坛上有山茶和腊梅各一株,从过道可以走向我们的操场和书房。

也同当时的风气一样,大姐曾画了一幅观音,每逢初一十五,我们必去烧香磕头。院子前面的七叶枫和白玉兰开得非常热闹。旁边还有一棵榆树,我因此会背:

---

① 疑为"樵"。

谁道巴家窘,巴家十倍邹。

池中罗水马,庭下列蜗牛。

燕麦纷无数,榆钱散不收。

夜来添骤富,新月挂银钩。

好了,这一期的《水》,为纪念爸爸逝世六十周年,我的任务完成了,暂时搁笔。

1998 年 9 月 18 日

这是张充和发表于杂志《水》上的一篇佚文,当时是应复刊人即主编张允和之约,准备做一期父亲张冀牖的专辑。当时还约定了其他姐弟撰写回忆文章,各人有各人的视角和记忆。张充和这篇看起来有点是应景之作,说的都是琐事、小事,显得有点零碎。但此时张充和已经是耄耋之年,记忆如此清晰,着实不易,而且读她回忆父亲和母亲的情节,更是格外的动人,要知道她回来多是短暂地小居,当她真正回来时母亲已经去世多年,后来好不容易和父亲相处多年,又在抗战初期失去了父亲。相信她所记忆的一花一草、一屋一窗都凝结着特殊的情感。

在文中提到的题诗之事颇有故事,我在张家三弟张定和的回忆中找到了相关细节,照录如下:

　　说起我的四姐，不是因为她是我的四姐姐我才夸耀她。她的确是个多才多艺的人。赋诗作画，能歌善舞，对古籍和古典戏曲（包括演昆剧）的研究也都在行。尤以书法（无论字体，小大）可称擅长。毛笔字是她写的，原大高二市尺，所写的是我的三姐兆和在童年时，应"亲奶奶（我们的叔祖母由合肥到苏州来）"在花园中之命，当场立马所作的应景诗的断句："春日园中好风景，池旁柳上有老鹰。"在其后，四姐又写下"录三姐诗断句给三弟"，因为是应我之请写的。下款她写"四妹兼四姐书于丙寅年"，是 1986 年写的。说起 1986 年，那年是汤显祖逝世 370 周年。为纪念他，北京开纪念会，我的大姐元和（时年七十有九）与充和姐（时年七十有三）应姜椿芳先生之邀，由美国来北京参加盛会。时年 12 月 2 日，姐妹二人在北京政协礼堂粉墨登场，演出昆剧《牡丹亭》。元姐在《惊梦》中饰柳梦梅，充姐在《惊梦》和《游园》中均饰杜丽娘。演出后，充姐写道："敢矜才调拟新腔，不遏行云不绕梁。玉茗堂深歌泪重，不辞一字九回肠。"

幸运的是我在张定和先生的回忆录中找到了张充和的这幅书法作品，堪称珍贵。

四姐和我

——兼"论"我们的书法[①]

姐弟十人中,充姐和我分别在姐妹和兄弟中行四。两人都过继给人,后来都又"归宗"。她给二房亲奶奶当孙女,去了合肥。我给本房徐姨奶奶做孙子,仍在苏州。过继后都受到宠遇。合肥情况不详,只知道她总是不断地换新衣服。原来亲奶奶信佛,乐善好施,见到衣着破烂、单薄的女孩就把充姐衣服送人。寒冬腊月,棉袄从身上现扒下来是常事。可怜我们的四姐只好躺在被窝里,等裁缝赶好新衣后才能下床。我的待遇好像并不突出,只是早餐咸鸭蛋吃腻了可以掏去蛋黄,填满肉松罢了。值得一书的倒是小时候唯有我有名片,印有张宇和三个大字、五寸长的大红名帖。当时家中姨奶奶辈分最长,逢年过节亲戚送礼,答谢要孙子的名帖。充姐去肥后联系很少,三哥定和曾写信给亲奶奶要充姐照片。亲奶奶回说:"不必寄了。你四姐又黑又瘦,像猴子一样,你看看猴子就行了。"

与充姐再次会面时八岁,送姨奶奶灵柩回乡。木船经运河、长江、巢湖到合肥,走了一个月,经过一点也记不清了。送殡时四姐带我坐一顶四抬大轿,怕我坐不住,预备好多陈皮梅,不时塞给我

①　此文乃张充和四弟张宇和所作。

一颗，只有这印象最深。

亲奶奶过世，充姐又回到我们中间来。当她十七、我十二岁时，个子差不多高，站在一起，爸爸居然问起我俩谁大。但究竟还小，除了和五弟寰和一起调皮捣蛋外，跟姐姐们还是搭不上趟。她们办起水社，三哥以下我们和邻居小友办了个九如社。双方有时在郊游、赛球等活动上能玩到一起。定兄有一段有趣的报道：

> 乐益女中操场上笑语欢腾，水社和九如社在踢小皮球赛。我九如社前锋高奕鼎带球勇往直前，将球射向球门。水社守门员充和"像猴子一样"动作敏捷攫球在手，紧抱不放。高见有机可乘，急速冲去，将张女士连人带球挤进球门。裁判判定九如社得胜一球，我们真高兴。而张女士却茫然不知为什么输了。

当时四姐回苏不久，球类游戏规则一窍不通，水社只好派她当守门员。抗战开始后，先避难合肥张老圩，后去大后方，进川暂住成都时都和她在一起，还同游了峨眉山。这期间充姐曾有不少诗作，可惜我未能像定兄那样懂得收集她那些随写随丢作品的意义。依稀还记得的只是去峨眉途中诗的头一句"蒙蒙细雨一蓬舟"和上青城山一首词中"……蜉蝣梦，梦诸天，我来闻道不求仙，愿君莫授……"几句，真可惜！

在成都，四川大学几位教授热心过度，给追求充姐的诗人帮腔,定期大摆宴席,她讨嫌这些,一气之下,离家出走。一周后我在报上才得到消息,原来她优哉游哉一个人上了青城山,被游山的"名人"看到她为上清宫道院题写的诗作。充姐虽然没有理睬他们的搭讪,好事之徒还是写了要人行踪之类的报道。得讯后我即乘汽车赶去,已是她出走后的第十天了。汽车疾驶途中,突然发现她穿了工装,戴了大草帽坐在人力车上,迎面错过。忙请司机停车,下车折回追赶时,已是可望而不可即了。只得边跑边喊,逆风全听不见。见骑自行车的人经过,托带口信让人力车停下。谁知听到有人在追,反叫车夫快跑,直到我猛省过来,请随后经过的骑车人带口信明说是弟弟在追她后才停了下来。见到她时早已上气不接下气,狼狈不堪,话都说不上来了。

后来我借读金陵大学,她去重庆工作。直到抗战胜利后全家大团圆时才重聚上海。随后工作地一南一北。解放前夕,她和傅大哥匆匆来苏参加我的婚礼后不久即去了美国,这一别更是天各一方,再相会时已是三十多年过去了。

姐弟中字写得最好的当然数四姐,我的字最蹩脚。她五岁练字,有名师指教,我小学还没有握过毛笔。初中开始习字时,她已经给店铺的匾额和楹联挥毫了。说来可笑,我们的习字每周一课时。大小字分别临《九成宫》和《灵飞经》,两周才轮到一次。无怪乎上课前一天找字帖总是不知去向,只得一次次重买。后来终于想出妙招,买来《灵飞经》拆成活页,《九成宫》裁成册页,用帖时只带"残本",丢了就算,居然混得过去。这种情况下,我的书法基本功也就可想而知了。不想半世纪后,洮龄叔见到我给他的信,大加赞赏我的字,还将我的硬笔书信出示子女。居然派女儿燕妹持宣纸来要写《岳阳楼记》,真使我受宠若惊,苦的是无以为应,只得拖着。给充姐信中提到这事,虽有自知之明,也有让她知道小弟不才,犹有人求墨宝的意思。未料到不久接到海外邮来她手书楷书长幅,书后跋是"洮龄叔命书《岳阳楼记》,余素不善书,且不执毛笔者五十年矣,勉为之,博一粲",下署"侄宇和录",真是绝妙!得来全不费功夫。下边居然还盖有印章,仔细认辨,赫然"张四"是也。真是始料不及,大喜过望。立即复印一份留下,原件送给洮龄叔。自后曾经痛下决心,刻苦练字,以备"不测",但究竟是"八十岁学吹鼓手"了。

充姐在耶鲁大学授书法,并与傅大哥完成了论书家、书法的《书谱》《续书谱》二大名著的英译本 *Two Chinese Treatises on Calligraphy*。又应博物馆之请,临孙过庭《书谱》供收藏,经精心临写一百通后发现第一百遍写得并不尽如她意。其选后期写得最好的一份给了博物馆,而第一百遍的《书谱》则被白谦慎先生索去珍藏。

充姐此次回家,在九如巷和她相聚十八天,闲谈往事,笑声不绝。她应允另刻一"张四"印章赠我。我以为大可不必寄来了,请她就便日后凡写有不尽如她意的作品时,不用署自己名,填上宇和书,盖上该印章。积少成多,两三年后随同"她自己的"书法作品一并带回国,在北京和南京举办"张四书法作品展"(张充和女士、张宇和先生书法联展)。像把三姐兆和说成也擅长昆曲一样,后人也定会传说张家四姐、四弟均擅长书法,且二人笔法酷似云云。

搴旗斩将，攘臂苦战：虎啸猿啼，薄暮冥冥，商旅不行，樯倾楫摧，日星隐曜，山岳潜形，阴风怒号，浊浪排空，若夫淫雨霏霏，连月不开，

天光，一碧万顷，沙鸥翔集，锦鳞游泳，岸芷汀兰，郁郁青青。至若春和景明，波澜不惊，上下

览物之情，得无异乎。

一空，皓月千里，浮光跃金，静影沉璧，渔歌互答，此乐何极。登斯楼也，则有心旷神怡，宠辱偕忘，把酒临风，其喜洋洋者矣。而或长烟

仁人之心，或异二者之为，何哉。不以物喜，不以己悲，居庙堂之高则忧其民，处江湖之远则忧其君，是进亦忧，退亦忧。然则何时而乐耶。其必曰先天下之忧而忧，后天下之乐而乐欤。噫，微斯人，吾谁与归。

嗟夫，予尝求古

博一题 拈字和录

五不极也岩者五一字关迁客之记
此和仲淹记之于岳阳楼也今人不察

张充和以四弟字和名义赠书给长辈

2004 年，张充和（前排左二）回到苏州家中与四弟宇和、

五弟寰和、大弟妹刘文思等合影

王道注：张家四弟张宇和是张家唯一从事自然科学研究的，生前为南京中山植物园研究员，曾出版过多部植物学著作，并被引进到日本出版。在张充和的回忆文章《我们的庭院》里记载，张宇和在少年时期便热衷植物学，天不亮就打着手电筒为自种的蔬菜捉虫子，还为家里的树木除虫治病，长大后学有所成，曾从事植物学教学工作，后进入中山植物园工作，为我国的植物学研究做出了突出的贡献。而他在业余创作的根雕则显露出他艺术上的修养和造诣，后来练习书法虽是受四姐一些影响，但他的书法有章有据写得也很是得体。

宇和先生的文章写得自然而闲适，文中的生活片段读来令人忍俊不禁，能够感受到他的幽默和用心。其中一些记录不乏是张充和史料的重要补充。张充和赴美后，书法里摆放着四弟宇和创作的根雕，在小院中种植了宇和培育的香椿树苗，她还把收获的香椿芽分给朋友们品尝，说弟弟是个植物学家，言语中透着做姐姐的自豪。当然，对于宇和的书法艺术，相信这位四姐也会同样欣赏并予以鼓励。关于姐弟俩的书法故事还有"外一篇"，即宇和记录的《堵门索债》，说的是 2004 年，年逾九旬的充和女士回苏州办书画展：

"九如巷客厅里清一色藤椅，搬时轻巧自如，可移廊下坐对小园聊天，是寰和得意之笔。那一日清晨，充姐写完字开门，只见一张大藤椅把房门堵得严严实实。有人端坐椅上，双手高举纸条过头。若不是背对着'大人'又下跪的话，简直就是拦轿告状了。充姐看了状纸笑着转身回书桌，把刚完成的扇面题上款，盖了章，交付鸣冤人，方得出门就餐。原来宇和见登门索书人不断，而自己所得承诺全无动静，不得已出此上策。居然一言未发就马到成功。所举状纸上书'乞偿宿欠扇面一件'。"

第四辑　百年笙歌

张充和题写张元和《昆曲身段试谱》

　　张家长女张元和女士一生以昆曲著称,1949 年随夫顾志成到台湾后,生活艰难却不忘致力于昆曲的推介,身边曾聚集了一批资深曲友。顾志成虽由第一小生顾传玠变身为商人,但业余仍不忘昆曲之音,常厮笛伴唱,不时还有身段展示。在台湾,这对昆曲伉俪曾一度应东海大学之邀,向学生们传授《牡丹亭·游园》等戏,使姑苏昆剧一脉得以在台湾传播。可惜顾志成去世较早,未能留下更多的身段在台湾。张元和继承遗志,无论是在台湾还是移居美国,都把传承昆曲作为头等大事,还编辑整理了顾志成的艺术纪念册。在台湾,张元和加入了蓬瀛曲社,并到台湾师范大学指导昆曲。该曲社名家也多,其中有徐炎之、张善芗、溥侗之子毓子山、夏焕新、焦承允、王鸿磐、张敬、汪经昌等人。曲友焦承允自言“能唱不能演”,遇到学生来求学身段便介绍给张元和,于是就有了邀请张元和自撰身段谱出版的想法,多次致函催促,终成其事。1972年 6 月,张元和的《昆曲身段试谱》在台出版,为此焦允承作序称:“昆曲之为艺,歌唱与表演并重。习者例由教师心传口授,并无教本。歌唱方面,曲词腔调,尚有曲谱或脚本可凭,偶尔遗忘,犹可覆按;惟表演之姿态动作何如,方位何如,喜怒哀乐,疾除进止,除由教师面授外,初无书本记载,全赖强记与体会,其难更甚于习歌若干倍。

《张元和饰演昆剧〈牡丹亭·游园〉中杜丽娘身段影集》自印本封面

"台湾在光复前,一般人皆不知昆曲为何物;光复后,经大陆来台之曲家提倡,渐有研习者,但多限于歌唱,能表演者甚少,盖师资缺乏之故也。昆曲之表演,较平剧更为严谨,举手投足,悉有一定准绳。在台能教演昆曲生旦戏者,据余所知除徐张善芗夫人外,仅顾夫人张元和女士一人而已。"

张元和在"前言"中详述了此书的渊源,并对四妹张充和特别表示感谢。张充和为此书题签,隶书古朴、大气,颇富有古典意蕴,同时对身段谱还做了必要的纠正,由此想到张充和曾多次致信指导大弟张宗和昆曲身段,她对昆曲的唱作都是极为正统和用心的。张元和到美国后联手四妹充和传播昆曲,可谓是绝佳的搭档。就算是到了耄耋之年,披挂上台,还是那么富有意蕴。此书的遗憾之处是缺少照片,而且不是彩色的,张元和到美国后于 1999 年 11 月又出了一本《张元和饰演昆剧〈牡丹亭·游园〉中杜丽娘身段影集》,主要是《游园》一折,彩色照片,惊艳之至。

張

元和著

崑曲身段試譜

文和題

张充和为大姐元和《昆曲身段试谱》题签

张充和与张元和演出昆曲《白蛇传》

附录：

张元和《昆曲身段试谱》前言

自别台湾曲友，至美探妹，不觉经年，屡蒙焦承允先生鼓励，函促书写身段谱，希望写十折，与渠所编《炎芬曲谱》谱成姊妹作，盛情可感。惟余个人尝试性之写法，其中应商榷、应请教曲家与识者之处颇多，在美无法联络，参考书籍又寥寥，仅将幼年所学、所演，及近年在台湾、夏威夷为新曲友所排演时写就之稿，如《小宴》《琴挑》《学堂》《游园》《扫花》等五折，略事整理，寄奉焦先生，作为爱好昆曲朋友之参考，并请指教。其各折编演情形，约如下述：

《小宴》：贵妃所唱"泣颜回"，余学时乃坐唱，身段不多。演时自作主张，改为出座身段，似较灵活，非敢强演者皆取法也。

《琴挑》：潘必正身段乃从周传瑛艺人所学，此剧四段《懒画眉》、四段《朝元歌》，唱来使人腻，演来感觉闷，然尝与李方桂夫人徐樱女士上演于夏威夷大学之甘乃迪戏院，中外人士，极表欣赏，此或昆曲身段能表达词意，又近歌舞之长处所致。

《学堂》：儿时观梅兰芳演此剧，印象迄今不忘。张传芳于昆曲传习所、新乐府、仙霓社各时期演出，余亦常往观摩，其后传芳教授曲友，余更领会熟记。一九六九年教授师大学生，大致不离谱。当誊稿时，巧逢充妹所订徐凌云演述之《昆剧表演一得》寄到，更详细参阅修正，得益不少。

《游园》：幼从昆曲老艺人游彩云所学，恒与诸妹共演，余扮丽娘。一九六八年傅梅瑞芳女士欲与余合演，央余饰春香，欣然应允，即将幼学丽娘身段教彼，自演春香。其中身段为求美观，有多处改编，并有数处参考充妹身段者。此剧为歌舞佳剧，若能将各曲友师承之彩精、合理身段，融合为一，或更优美。一九六七年初稿时，丽娘、春香身段分写，现始合为整体。

《扫花》：何仙姑身段系一九六七年为庆祝蒋慰堂、徐炎之、成舍我、郁元英四位曲友七十大寿，自编上演，聊当余兴者，后教几位美国曲友，皆认为此段歌舞戏，可单独表演，穿古装，亦美观，因此编入。然焦先生欲保存原剧完整，一再函命加写吕洞宾身段，此角余未曾学，仅观数次，记忆不详，于是杜撰一番，祈识者勿笑，与以斧正是幸。

本谱原拟将曲文宾白、动作说明、舞台动向图、示范照片四项并列，但照片收集不易，只得放弃，每折仅插入一二幅，助长阅者兴趣而已。

此书定名为《昆曲身段试谱》者，一因写法系尝试性，二因其中身段有试编者如《扫花》全剧，试改者如《游园》之"池馆苍苔一片青""……鸟惊喧"及其他多处，非敢作为定谱，尚待识者指正也。

余有一愿，拟请曲友各将所谙身段，详细书写，集生、旦、净、末、丑于一册以惠后学。就余所知者例如：王鸿磐曲友之《金雀记·乔醋》，田士林曲友之《孽海记·下山》，何文基曲友之《满床笏·卸甲封王》，夏焕新曲友之《铁冠图·别母乱箭》，张善芗曲友之《蝴蝶梦·说亲回话》，张縠年曲友之《狮吼记·梳妆跪池》，张励之曲友之《虎囊弹·山亭》，毓子山曲友之《东窗事犯·扫秦》等，均为在台不常演之戏，更属可贵。乃因彼此晤面机会少，未能如愿提出，今已远离，更难实现此理想矣。

五折身段整理后，充妹在病中为余阅览，提告不妥之处，余皆修正，尤以"舞台动向图"中人物符号一项，原用颜色分别，充妹顾及套版费事，建议改为一色，确属旁观者清，于是改以线条区别之。

原稿用墨较淡，不便影印，蒙承允先生重为誊写，斧正字句，使余喜出望外，由衷感激。且移曲友称觞之资充印刷费，提倡昆曲，意义深长，缘倩充妹书"谨以此册献 承允先生古稀大寿 蓬瀛曲集同人敬贺"一纸祝之，并谢各曲友共襄此举。

寒山楼主知悉印谱事，赠画祝贺，殊觉汗颜。威斯康星大学施高德教授及该校出版部同意刊印俞振飞、黄曼耘《琴挑》照片，徐炎之、楼蕙君曲友借予剧照，李景岚曲友校正角色服装，麦李林德曲友资印剧照，在此一并致谢。

一九七二年四月 张元和

张充和致张允和的一封信

二姊：

你们可在上海大团聚，真叫人艳羡。我仍是不断的努力想回来。看来私人不易，再试团体行动。即使团体的，也得个别填申请表。汉思四月底在德国，我的行止尚未定。德国可去可不去，他七月底回来。

……到南方去，娘家是必要的，国内交通如此方便，到处跑跑有益身心。

我这学期，天知道忙成什么样子！近几年来同国内交通，学中文学书法学曲子的多得很，学生上演就比自己上演忙多了。七月间演《断桥》(学生演)，从头到脚自己动手做。我得出去找找材料。几个师生一同做头面服装。美国人爱中国整个的文化，不管新的旧的，最近我在电视上看到一个剪纸的艺术家，想来是香港来的，过去你给我剪纸，我也在加拿大买到，无人不爱。

1974 年 3 月 15 日 充和

附录：

张元和致大弟宗和的信

四姐怕胖，还不大敢吃哩！她现在劳动多，胃口好，食欲也大增，就是被怕胖限制住，不敢吃。

四姐近来收了二个昆曲学生，一男一女，都是本来学西乐后来改学东方音乐或中国音乐的。上个月十六日她的男学生陈某还邀请我们去他的学校表演一次，因李方桂夫妇正好东来，还来耶鲁（大学）演讲，项馨吾又由纽约来看戏，特烦他司鼓，所以虽是小型演出，相当圆满。

十六那天，风大降雪，观众们踊跃有几百人，节目是：

一、《扫花》：何仙姑——以谟；李方桂、王定一笛；项（馨吾）鼓板。

二、《游园》：杜丽娘——充和，春香——徐樱；李方桂、陈富烟笛（陈生刚学几次即能伴奏，四姐教的好吧！当然他也领会快）。

三、《惊梦》：柳梦梅——元和；李方桂、王定一笛；仍是项的鼓板。

《扫花》是用我编的身段，一人到底，不上吕洞宾。《惊梦》省掉不少曲子及脚色……四姐怕磨桌子身段，人不多，连《山坡羊》也未唱，很紧凑。

1973 年 3 月 12 日 元和

大弟：

四姐一直每天教以谟一句曲子，现在已会二十几折，虽然有不全的，但也着实可观。而且唱得板槽稳，她学笛后，更能自摸音腔，是下一代中唯一学曲年资最高的了。不妨也让以氓少少的学，多练，由她平调唱，你也本嗓教，不必提起嗓子费劲教，我们的老师们不都是本嗓子教我们的吗，上笛时再教她用嗓子，你以为怎样？

四姐的学生初唱时觉得口水多，初吹笛时也如此，又是手酸，又是肩膀抬不起，种种不自然。四姐就是一直吹也不吃力，这是常常吹吹笛，久练的好处。

1973 年 7 月 3 日 元和

王道注：20 世纪 70 年代初期，张充和强烈地想回国看看，她先后多次申请都未能成行，导致她一生最大的遗憾就是未能再见到大弟宗和、二弟寅和。因此当二姐允和说到家人在上海大聚会，远在海外的充和心生羡慕，同时又带着对未来可能回国的憧憬，说"娘家"（苏州）是一定要去的。虽然暂时不能回国，但对于中国文化她却是处处关心和喜爱，就算到了加拿大她还是喜欢那些中国剪纸。更重要的是她对昆曲的坚持，依然执着和用心。

从元和致宗和的信中可见充和传播昆曲的用心，如控制饮食，如不断带弟子，如教洋娃娃女儿以谟唱曲，如她既要上台演唱，还要吹笛伴奏等，都在家信中无意展露出来。

由此想到在台湾《大雅》杂志（1999 年 10 月号）上读到的曲友王敬之写的文章《殊方丝竹，何时成歌？》：

人尽皆知，三十年代之初，梅兰芳访美时曾演过昆曲，他可算是把昆曲带至美国的第一人。这话表面上看也许不错，事实上还是看得简单了些。梅兰芳到美国的演出引起大轰动，是由于梅大王的扮相唱做把洋人征服了；甚至其手势、指法也被列为专题研究。但一般洋人，分不清什么京剧和昆曲，笼统都称为"the Chinese Opera"。所以，即使他在美国的戏单上有过一折或两折昆曲，美国对昆曲陌生如故。五十年代以后，傅汉思、张充和夫妇以及李方桂、徐樱夫妇都在戮力介绍、推广昆曲。傅汉思和李方桂其时都是美国名校的汉学教授呢，也一样的卖力多而收效微。此间当时对昆曲的冷落，可以由六十年代初张充和寄给家母的年卡上的自题诗觇知："殊方丝竹不成歌，爱坐青山看碧波。波外有山山外水，遣愁无计得愁多。"

台湾曲友王敬之的母亲与张充和是很要好的曲友，后来王敬之到了美国后常与充和拍曲，再续曲缘，可谓见证了张充和传播昆曲的过程，因此对之深有体会，他为此说过："由此可见，单靠专业演员偶然一次的展示，或靠学者演讲介绍，殊方丝竹是成不了歌的。昆曲必得有人（包括票友和内行）常歌常演，始可浸淫成风。"张充和年复一年的身体力行，正可谓对这种"殊方丝竹不成歌"的挑战和坚持。至于结果，她则始终抱着"一曲微茫"的态度，从未更改。

钱仁康为张充和的词谱曲

　　偶然收集到一本著名音乐学家钱仁康的纪念集——《钱仁康歌曲集》，注明是"内部资料"，编者为钱仁康的女儿钱亦平女士，1995 年 7 月印刷。我拿到的是钱仁康的签名本，1995 年 9 月签给一位学长的，虽然不是正式出版物，但却非常珍贵，其中收录的钱仁康作曲作品都颇具古典意蕴，与中国传统诗词意趣很是契合。在这其中我就看到了张充和的两首词，分别为《菩萨蛮》和《临江仙》。这本集子的序言则是由张充和的三弟张定和所作，定和本身也是作曲家，他和钱仁康既是同行，也是同门。

　　钱仁康出生于江苏无锡，早期毕业于国立音乐专科学校，先后任教中央大学、北平师范学院、苏州国立社教学院、华东师范大学、上海音乐学院等，为中国第一位音乐学博士生导师。他的老师，也是张定和的恩师，即著名音乐教育家黄自先生。钱仁康的作品很是丰富，有戏剧类、歌剧类、电影类等，很多作品都呈现了中国诗词的传统美学。20 世纪 40 年代初，他曾致力于解读宋代《白石道人歌曲》中的 17 首旁谱，译成五线谱后，以调式和声为各曲配上了钢琴伴奏。

　　张定和在序中记录："学长仁康兄半个多世纪，在音乐上多方面的勤奋耕耘，硕果累累，著作等身；培养了无数音乐人才，在音乐教育事业上功勋卓著,桃李满天下。他的成绩斐然,为音乐同行所共知,素为我所景仰。听说他的各种著作行将结集出版,闻讯之下,不禁雀跃。这桩大事,对音乐学术的研究和推广,将会起到积极的作用和深远的影响,实为乐坛之幸事和盛举。"

为张充和的诗词谱曲,相信钱仁康一定是从中看到了古典韵律的意蕴,而他选的这两首词也颇具代表性,这也是迄今为止首次发现张充和的诗词被谱曲成歌。需要说明的是,张充和这两首词在集子里显示的谱曲年份为1939年,即抗战时期,当时张充和应该在重庆,在教育部音乐教育委员会工作,当时她写了一大批古典诗,颇受在那里的各界学人关注。这里收录的《菩萨蛮》应为1935年在北京香山碧云寺养病时所作(见《张充和诗文集》),其中一句"魂断幽燕客"后改为"魂断江南客",而《临江仙》中的一句"万红寂寞一莺啼"则改为"万红寂寞罢莺啼",看《张充和诗文集》注为"作于1946年",可见是1939年或更早时所作后又更改,从中可见张充和对字句的讲究和不断琢磨。

当然,谱曲后作品的效果如何,还是以张定和的专业评论为准。全文照录如下:

目前我不在国内,手边没有更多的他的作品资料,只有《菩萨蛮》《临江仙》和《一句话》三支歌曲。为了表示我的祝贺的心意,仅就此来谈一点我的感想。

临江仙——题雙魚圖 (1939年)

钱仁康为张充和《临江仙》一词谱曲

菩 薩 蠻 (1939年)

张充和作词
钱仁康作曲

钱仁康为张充和《菩萨蛮》一词谱曲

　　三支歌，音乐都很优美，无论是在表达歌词感情的深度上，在乐曲的结构上，以及和声的安排上，都属于上乘之作。读之再三，我学到了很多东西。

　　《菩萨蛮》是一支 F 大调的歌。它的音乐把生离的恻恻之情充分地表现了出来，曲调美而感人。歌词八句，分为上下两阕。上阕为："松林月黑风初动，空山红烛摇归梦。归梦正凄迷，孤村闻夜鸡。"音乐将一个羁旅于空山松林古刹中的游子在归梦中因鸡鸣而梦醒时的意境，渲染得极为贴切。上阕停顿在没有稳定感的属和弦上，将他的再难入睡的不平静的心情显露了出来。之后，曲作者通过几小节的音乐将调子转到一个虽然主音仍相同（仍是 F），但是调式色彩上却是"阴暗"的小调调式——F 小调。它的所以阴暗，是因为新调（F 小调）音阶上的第三、六两级上的音都比原调（F 大调）的要低半音；从和弦上来说，新调中的两个主要的和弦——主和弦与下属和弦，也都因此而变成了"阴暗"的小三和弦，也都失去了像大调中主和弦与下属和弦那种非常"明亮"的色彩了。曲作者的这个设色安排，是在为下阕的氛围和情感的抒发先作准备。下阕歌词是："生离长恻恻，魂断江南客。鸥鸟下啸长空，寒泉咽晓钟。"这头三句的音乐虽然都只是在同一个 F 小调上，但它的旋律的大部分都是在缓慢的音乐中作同音的连续前进或半音的进行，从这三句中，可以看出曲作者是在抒发情绪的创作过程中，很自然地在这些大量的、看来是平静而实质上是沉重压抑的同音进行和半音进行（在三句的十五个字的字与字之间的十四次进行中，同音进行就有六次,半音进行又有四次,两共十次)之中,间隔地贯穿进少量的、看来是强劲而实质上是激楚凄恻的大距离的跳进(在十四次进行中,八度、六度和五度都各仅仅出现一次)。把这两类在性质上迥然不同的音程交替使用,形成强烈对比;旋律在起伏跌宕中盘旋而上,起到了回肠荡气的、推向高潮的效果。到这时,歌声也就驻留在"长空"了,作了一个稍长时间的延长。这个延长的音是 g^2 音,是属和弦的五音,它比属和弦的根音更具不稳定的感觉,它表现出来的是:心情的不平静也就较前更甚了。全歌末句的第一个字——"寒"在 c^2 音上,它是同主音(F)大小两调属和弦共有的一个音。曲作者以它为桥梁,在不知不觉中就把音乐引回到了 F 大调。这种不着痕迹的转调手法,被运用得极为巧妙。此后,最后的一句歌声是从容不迫的,渐慢的,渐弱的,委婉曲折的;犹如幽咽的泉水,在寥廓空荡的晓钟声中,寂寞地流向远方。曲与词融为一体,堪称精品。

张定和

1994 年 10 月 17 日写于美国加州圣荷西[①]

---

① 即圣何塞。

送别充和，寻梦"江儿水"①

　　得知充和女士辞世那一天，我正在日本的新干线上，前一天刚去东京神保町寻访了充和曾经淘碑帖的旧地。

　　很突然，很意外，打通了张寰和夫人周孝华女士的电话后，她说一直在找我，说记者来采访，不知道说什么，让我说说。周孝华说，四姐走了，她倒是没感觉太突然，因为之前知道她住过两次院，身体不是太好。电话这头，我还是能够感觉到周奶奶的黯然，她一直想接四姐回来，遗憾成为永远。

　　接到美国来信，充和的昆曲助理尹继芳女士说："她儿子、女儿已决定不办传统式的追悼会，没有大殓和瞻仰遗容……一个月后在耶鲁大学办纪念会。"

　　淡然如此，让我想起了去年冬充和五弟张寰和先生的后事，没有任何仪式。周孝华女士说，估计四姐去世前还不知情。

　　信箱里收到几位媒体朋友的采访和约稿信，说实话，当时我真不知道该说什么。时过多日，还是想着写几句话，并配充和的文字，仅作纪念。

　　莫名其妙的，在这个时候听起了充和的昆曲。《寻梦》之《江儿

韦均一绘《什女图》赠张充和

水》：偶然间心似缱，梅树边。这般花花草草由人恋，生生死死随
人愿，便酸酸楚楚无人怨。

唱了一辈子的清音妙词，临到暮年，录制出来的还是庭院深处
的闺秀之声，如水磨腔，如天水落。百转千回，峰回路转。欲说还
休，随意天涯。

总觉得这几句词里有两个词尤其与充和贴切，随愿、无怨。

从上海、合肥、苏州、北平、贵阳、昆明、重庆、南京……充和一
路漂泊的历程，像水一样，随意、无怨，执着、无谓，淡然、随缘。

直到 1949 年年初，兵荒马乱之际，张充和与夫君傅汉思再回
苏州，告别家人，从出生地上海登上"戈登将军"号客轮，航行在茫
茫太平洋上，赴美生活，随身携带的除了生活必需品，则是笔墨纸
砚。这是一名传统中国女子的远航行李，这行李本身便已经隐含
了很多，甚至决定了将来。

找到充和早期写给三姐兆和的一封短信：

> 学校是我的 Eden① 吧，无论是地方怎么小，我却能很尽
> 情的玩，舒畅的运动，定心的读书，希望给我的光明，比这自修
> 室里灯光要亮得多，将来给我的广阔，比这不满两方丈的院子
> 要大得多。
>
> ……昨日的吴淞之游，要算我最快。要唱时，拉开喉咙唱
> 几句，要吹口琴时，就把口琴拿出吹一下，要谈话时，不管先生

---

① 即伊甸国。

还是同学，除去仅仅留一点自然的相当敬礼意外，什么话都说，和家里的父兄姊弟一般。在这时，不听见国文先生的"之乎也者"，不听见英文先生的"ABCD"，更不听见代数先生的"XYZ"。先生绝对不提起书本，学生绝对不想起书本。那些死的印刷品，是永远不适宜在这个地方应用的。我所见到的是什么？是劳苦的农民，是浩荡的流水，是战争的遗迹，是伟大的自然。

我们凭吊一回断垣颓垛，就到你常常到的那个江边去，大家都坐着或立着吃面包。白的浪花，顽皮地拍了我一下。格子布的衣襟全湿了，姊姊这又岂是用一个狭义的艺术眼光能欣赏的？

……

看完后，又想起充和的昆曲唱词"一生爱好是天然"。这是《牡丹亭》里杜丽娘的唱词，"可知我一生儿爱好是天然"。那天与充和昆曲弟子安娜女士在苏州闲聊，她说这个"好"念第三声，"爱好"是爱美的意思。爱美是天性，追求美是自然。

张充和一生写书法、唱昆曲、绘画、写诗撰文，看上去风雅、淡然，但真实的生活往往充满着曲折和坎坷。寻常生计、异乡奔走、照顾家人，包括照顾身在国内的亲人，她身上扛下来的辛苦劳累远远超过我们的想象，但她表现出来的都是平和、坦然和从容。不知道为什么，在张充和身上，总能读到沈从文小说里的朴素人物形象。记得张充和曾为沈从文先生写过这样的墓志铭："不折不从，亦慈亦让；星斗其文，赤子其人。"这铭文又何尝不适于充和本人？

沈从文先生曾说："水的德性为兼容并包，从不排斥拒绝不同方式浸入生命的任何离奇不经事物！却也从不受它的玷污影响。水的性格似乎特别脆弱，且极容易就范。其实则柔弱中有强韧，如集中一点，即涓涓细流，滴水穿石，却无坚不摧。"

在张充和身上，水的特质尤为突出。

2014年春，曾因《流动的斯文》请充和题签，幸运、欣慰、惊喜，充和在百岁之际仍欣然提笔，字字温润，斯文流畅，整体来看，就是一条长长的河流。不知道充和在运笔的时候会想到什么呢？

当充和题签的书印刷出来后，我在书上录下了充和的一句诗自勉："休嗟世路羊肠窄，天地能容海样心。"

总觉得充和最喜欢唱的还是《寻梦·江儿水》，杜丽娘身上表现出来的不只是爱情，还有生命和爱的自由，以及我为自己做主再苦再累都不惜的泰然。

充和圆满而去，她身后还有很多东西值得我们去体会和理解。

谨以此文作为纪念。

写在张充和逝世周年①

　　张充和去世已经一周年了，虽然并无明确、正式的纪念方式，但是在此之际几桩有关充和的热门事件倒是夺人眼球，尤其是她的新著的出版，还有"张充和昆曲基金"的发起，其后都蕴含着人们对充和的爱戴和怀念。

　　因缘巧合，有关张充和的两本书与我有关，其中一本因为出版社的原因，推迟了大半年，终于在6月底推出，《一曲微茫》。书名即取自充和的名句，其中是充和、宗和的书信往来，谈的大部分都是有关昆曲、书法、美术、文学等方面的内容，初读即令人受益匪浅，此书贡献者主要是宗和小女以珉女士。还有一本在加紧制作当中。此间，北京三联书店新推出的《张充和诗文集》可谓是充和文学作品的集大成者，主编白谦慎先生用心之至，是为读者之福。今年又是张家杂志《水》复刊二十周年，一本精选集也在筹备中，其中不乏充和的纪念文章。可见，张充和的文化影响后劲很足，源源不绝。

　　5月，北京的拍卖，张充和书辛弃疾《鹧鸪天》词三首，以一万起拍，最终以二十八万的价格落槌，立轴，水墨纸本，尺寸不算大，看落款应该是充和写给旧友的。看的人都说，充和的书法开始涨价了，不由得想起充和生前有一次和身边人说："你知道吗，我的书法在国内也有价格了。"是自问、自谦还是自嘲？恐怕更多的还

――――――――――

　　①　本文写于2016年。

是充和与市场的"无缘"吧,看她生前,捐赠的送人的书法无数,且笔笔认真得很,何曾想过从中得到利益?九如巷张家后人说,经商是对的,但有些人就是不适合经商,四姐就是不会这种事。

当然,艺术是无价的,有了具体的价格也不会有损其原有的艺术价值。尤其是对于真正喜爱充和作品的人来说,能够以合适的价格拥有和珍藏,肯定是好事。只是,有人问我此事,我说,充和女士的作品价格不止于此,肯定不止于此,因为有些东西真不是可以拿货币来衡量的。

杭州西子湖畔的春拍,主题有"张充和遗物""张充和与昆曲",张充和的昆曲《思凡》剧照,未拍先热。戏衣、手稿、手抄曲谱、文房用品、画作等等,蔚为大观,不少拍品是首次展现。抗战胜利后,张充和从重庆回苏州前曾作《战后返苏》词,其中有"霓裳蠹尽翻新样,十顷良田一凤凰"。张充和自注:"时卖安徽田而定制苏绣戏装,田价贱而绣价昂。"张充和对昆曲很是虔诚,制作戏服、行头耗费不少,但她从不计较。成就美的事业,还能计较什么值得不值得呢?这次的春拍展览引起了各地的爱好者前来观看,抄写、临摹、练习、摸索等手迹,不到现场看不足以感受到张充和对中国文化的热爱和痴迷,还有她的勤奋。在她漫长的一生中,这些作品的创作可谓占据了她整个的时光,因此她曾用私印"委曲"钤在山水梅花册上,既是说"委身于曲",也是"委屈"的谐音,是幽默,也是达观。令人惊喜的是,此次拍卖由充和的弟子、曲家陈安娜和学者白谦慎发起并筹办,此次拍卖所得将作为"张充和昆曲基金"的启动基金。

在这其中,不得不提到充和的子女以元、以谟对母亲事业的支持和心愿的理解。

在拍品中,有一幅充和画的梅花图,是送给先生傅汉思的,淡雅、清古,笔法独到,落款小书也是情意绵绵,令人遐想万千。细看此图,是张充和临扬州八怪之一罗聘的梅花,当时为先生傅汉思六十大寿而作,充和以画相赠。画中落款有句"汉思知梅事最全,今为丙辰再逢之日,时值梅季,无梅可赠,乃临两峰子以赠"。记得张充和与傅汉思曾联手办过梅花展,一书一译,相得益彰。傅汉思曾有代表作《梅花与宫闱佳丽》,解析中国古老的辞赋,如数家珍,且通俗易懂,极富意境。傅汉思说他的灵感来自妻子充和,并说妻子体现着中国文化中那最美好精致的部分,是一位诗人。夫妻成知己,恩爱诗文间。

在拍卖前夕,我就与在贵州的张家大弟宗和的女儿张以䖺商量去看展览。到了现场后,以䖺说四姑的东西她都想买下来,但是买不起,一件都买不起,能来看看已经很欣慰了。想想也是,那么多年的相处,从父辈到她这一代,血脉相连,四姑教会了她太多的东西。感情使然,亲情使然。以䖺说,她最喜欢的是四姑的印章和徽墨,因为她曾为四姑磨过那些墨,使用过那些印章,当然就觉得四姑真是爱惜它们,唯希望竞拍人能够继续爱惜它们。让以䖺意外的是,此次拍卖中还有其父宗和的书法,当时是寄给在美国的充和的,此次也一起上拍了。"这应该是我爸的书法第一次拍卖,如果没人要我就买下来。"以䖺直率的玩笑话令人动容。

在这次拍卖会上出现的昆曲戏衣和点翠头面都可谓惊艳之作,当然拍卖价也会不菲,由此想到张充和生前捐赠给苏州的戏曲行头,前段时间就在新修复的中国昆曲博物馆的特展中出现了。透过园林式的花窗,远远就看到了一件大红的镶金丝斗篷挺立着,那是张充和的昆曲行头,绣着五爪金龙,海纹压底,如意云纹对襟,半高领挺立,很是精神。睹物如人在。点翠头面一共三套,蝴蝶、凤凰、蝙蝠,种种缀饰,熠熠生辉,是张充和于民国时期高价定制的,据说现在这种以孔雀羽实物点翠的技艺价格不菲,能制作出如此精雅的也没有几个了。张充和于 2011 年委托弟子、海外昆曲社的陈安娜女士前来捐赠这些个人物品,其中还有《寄子》的手抄昆曲谱,每一笔都透着她对昆曲的热爱和寄托,曲谱中可见几处微小的修补,更可见充和对艺术的较真。恰如她同时捐赠的一幅遒劲书法:"功深镕琢韵独悠。"

这次一同出现在特展上的还有大姐元和与继母韦均一的昆曲用品。元和女儿凌宏代为捐献的彩鞋、弹词本,应该都是元和的挚爱,与一代曲家顾传玠的昆曲史料放在一起,真是天作之美。韦均一与充和同爱昆曲,相处最好,曾一起参加道和曲社和幔亭曲社,且捐助不少。韦均一个人收藏曲谱和手抄曲谱都很精雅,可见对昆曲的投入和钟爱。

张充和去世一周年了,相信一定会有更多的人在默默纪念、怀念她,相信她的故事也会继续流传,她的艺术更会继续流传。就如同张家文化,如水流动,斯文百年,绵延不绝。

张充和捐赠给中国昆曲博物馆的点翠头面

张充和的未刊老照片^①

因为收集合肥张家的故事,得以接触了大量的张家老照片,其中张充和的最为值得关注,她身上流露出的不只是传统之美,还有着新锐的思想和进取的精神。如今,张充和女士已经年逾百岁,定居美国,成为中外学界一个代表人物,回首往事,老人还是忘不了那些"中国往事",那些曾留着她青春印记的地方:苏州、青岛、北平、合肥、上海……

张充和家族在安徽合肥,曾祖父张树声早年跟着李鸿章组建淮军,南征北战,成为淮军二号人物,官至直隶总督(署),后在两广总督任上病逝。张树声去世前还在口述奏折请幕僚记录,他主张废除科举、改革政治、加强军事、创新教育方式等,后来受到许多研究学者的瞩目。

张充和的祖父官至川东道员,主持承办过一系列的教案,后在任上去世,年仅四十九岁。张充和的父亲张冀牖与扬州盐官陆静溪的女儿陆英结婚后不久,于 1913 年举家从合肥迁出,先到上海,张充和即出生于上海,与张爱玲出生在同一条街上,而他们的祖父也都是官场好友。

---

① 此文刊发于《老照片·第 100 辑》,济南:山东画报出版社,2015 年。

张充和早期照片(张以诼/供图)

　　张冀牖后率家搬迁到苏州,创办了乐益女中,这里走出了张闻天、侯绍裘、叶天底、匡亚明、韦布等知名教师,也走出了葛琴、叶至美、沈敏、童英可等学生,张家四个女儿元和、允和、兆和、充和也都在乐益女中就学和任教。与姐姐们不同的是,张充和尚在襁褓时就被叔祖母识修抱回了合肥生活,因为当时奶妈奶水不够,而张冀牖夫妇也考虑到识修膝下无子女,决定过继给她一个孙女陪伴。就这样,张充和直到十六岁叔祖母去世后,才回到苏州家里,与姐姐们一起进入新式学堂。此前,张充和一直就读家塾,李蕴章的女儿识修为她请了最好的教师,教她古文、书法、词曲等等,这也是张充和能够成为书法家、昆曲家的原因。

　　当张充和从合肥回到苏州时,姐姐们开始陆续外出上大学,但家里还有一群可爱的小弟弟。因此,张充和早期与弟弟们的故事很多,譬如与大弟张宗和,与小五弟张寰和。几年后,张充和以国文满分、数学零分考取北京大学,而大弟张宗和则考上清华大学历史系。两人共同参与了俞平伯在北平发起的昆曲社团谷音社,也就是在这个社团里,两人开始了昆曲艺术之旅,并结识了众多曲友。

　　上学期间,张充和与张宗和瞒着家人从北平跑出去,到青岛、上海、南京等地参加曲会。由此,张宗和在青岛曲友家认识了第一位夫人孙凤竹,孙凤竹也是曲友,手抄昆曲曲谱美妙至极。而两人的媒人正是张充和。

　　再后来,张充和因病退学,家人说是哮喘病,病得很厉害。我在张家第一次看到了相关照片,张充和躺在病床上,床头柜上放着一瓶花,她瘦弱无力,像是在医院里,听张家人说,她一般都去苏州的教会办的博习医院。病体尚未痊愈,张充和就被胡适请去编《中央日报》的副刊《贡献》,就这样留下了大量的文学作品,并结识了一批文学名家,如靳以、巴金等,后来这批作品被编辑成《小园即事》出版。

没多久,全面抗战爆发,张充和去了云贵地区,留下了很多风雅故事。但令张充和印象深刻的还是那些朴实的人:"记得在龙街住时,要李嫂去买豌豆,她回来连豌豆带钱向桌上一甩,我说你怎么没去买,偷人家的。她说:'这点点豆子鸟都喂了,是天生地长的,又不是人厮的。我们这儿摘几颗豆子吃还不在乎。'我心里老是嘀咕。后来我在简师教国文,有次碰到张三爹,他孙子是我学生,一定拖到家中杀鸡磨豆腐大请一次,还教孙子挑一担田中新出的瓜豆孝敬老师。我是永远忘不了这样厚的人情。虽然我哪里吃得了那么多的东西。""酒阑琴罢漫思家,小坐蒲团听落花。一曲潇湘云水过,见龙新水宝红茶",这是张充和忆起在云南昆明的时光时所作,其中蕴含着几多古意的思念。

后来,张充和去了陪都重庆,在教育部负责整理国乐。也正是从那个时候正式向沈尹默学习书法,但昆曲始终没有丢下。当时章士钊看了她的演出,说她将来要嫁给胡人,还弄得有点不愉快,但后来"事实清楚",张充和果然嫁给了老外——德裔美籍汉学家傅汉思。这是后话。

张充和与大姐元和、二姐允和、三弟定和、五弟寰和等在扬州外婆家冬荣园(张以诹/供图)

抗战结束后,张家十姐弟在上海聚会,后回到苏州。此时他们的父亲、乐益女中校长张冀牖已经意外去世多年,复兴学校的重任就落在了十姐弟身上。张家孩子卖了田地祖产,张充和当了首饰,还亲自书写了学校匾牌,大弟张宗和任校长。学校渐有起色后,张充和去了北京大学教授昆曲和书法,张宗和则去了贵州大学教历史和戏曲。张宗和当时离开的理由是,在自家办的学校做事、拿工资感觉不好意思,而他一去就是一辈子。

1949年,张家十姐弟各有方向,张宗和坚定地留在了贵州,安心教书。从新发现的他的书信可见,他对新政权充满了信心,甚至有一些"天真"的可爱,这也是他身上本质的东西。正如他明知道孙凤竹女士当年已经患上了重病,还是毅然决然地和她结婚,婚后没几年,孙凤竹即香消玉殒在合肥张老圩子。这才有淮军后裔刘家与张家再次联姻的佳话。刘铭传后裔刘文思嫁给了张树声后裔张宗和,后来的苦乐生活证实,此乃天作之合。而无论是孙凤竹还是刘文思,都与张充和交情甚笃。

从1947年秋开始,张充和在北平与德裔美籍汉学家傅汉思交往。当时张充和寄居在三姐张兆和家,因傅汉思常上门拜访沈从文,两人遂相识。傅汉思回忆称:"过不久,沈从文认为我对张充和比对他更有兴趣。从那以后,我到他家,他就不再多同我谈话了,马上就叫张充和,让我们单独待在一起。"就连沈从文的儿子沈虎雏似乎也看出了苗头,本该喊"四姨,傅伯伯",但却故意拖长音,如"四姨父(傅)——伯伯"。张充和觉得傅汉思忠厚、直接、坦诚,且博学有礼。他们很快于 1948 年 11 月 19 日在北平举行了婚礼，没多久，北平插上红旗，两人随着撤侨大潮去了美国。

在美国的初期，几乎是长达二十年的样子，张充和与傅汉思的日子很是清苦，张充和去了图书馆做管理员打工赚钱，傅汉思忙着准备进大学教书。为了省钱，张充和自己种菜吃，她在给家人信中写道："我的园中种了白菜，黄瓜，菠菜，空心菜（不长，你可以教我种，若不会种请教人，我几年都种不好），雪里蕻，水疙瘩，小红萝卜。还有几种美国菜，都是平时买不起的。我每天至少两小时拔草，上肥，清理，下种，分秧，忙得很。但非常高兴，心里一烦便去园中做工，身体就很健康。也看出成绩。看草木生长，可以增长生趣，尤其近几年来蔬菜奇贵，你们无论在中国哪一省也想象不到。以谟（充和女儿）今年十四岁，几年前说：'等我赚了钱，我要吃一棵整的生菜。'你们听了可好笑吧。"

同时，种菜、打理小园也成为张充和排解烦恼的一个方式，她还写道："我的园子只有三个月的收成，蔬菜供一家五口外，韭菜还送人。只是秋天一来什么都完了。我一天总至少二小时以上弄草。汉斯管堆肥。即是园中所有草头草根都堆起和土化为肥料，厨房中所削下的瓜果皮菜边鸡蛋壳都放在堆肥中，大致一年后即成上好的肥料。这里冬天长，冬天一来就要买蔬菜了。我心里一烦就去搬运肥料，挖地拔草。"为此，张充和还写下了大量的《小园即事》诗，如："当年选胜到山涯，今日随缘遣岁华。雅俗但求生意足，邻翁来赏隔篱瓜。"

从 1949 年开始,张充和与张宗和开始跨国通信,一直持续到张宗和病逝。这一年是 1977 年。其间十年,张宗和经历风雨,个中痛楚,唯有他自己最深刻体会。查张宗和给张充和的信,第一封是 1949 年 4 月 15 日,最后一封是 1976 年 12 月 8 日。二十八年里,他们从未断过书信来往,除了交流各自的生活信息外,更谈了很多有关昆曲、诗词、书法、历史、美术等话题,他们总有说不完的话,时不时地在信里憧憬一下再次相见的时刻,会在哪里相见,见了请对方吃什么,送对方、送对方的配偶、送对方的孩子什么礼物等。一次次可能的相聚成为泡影后,他们从未想过放弃,直到确信大弟去世的那一刻,张充和仍在期盼着踏上贵州土地的那一天。

在美国的后期,张充和与傅汉思进入了耶鲁大学教书,生活由此开始得到改善。有段时间,她专心带两个孩子,她说自己这辈子就缺少母爱,因此决定要好好陪着孩子们,为此推掉了一些社会活动。但她始终放不下最钟爱的两门艺术,那就是她在大学里教的书法和昆曲。她的书法取法于古,却不拘泥于古,自由风格,可谓古色今香,沈尹默、董桥、余英时等人都曾有过赞誉。昆曲方面,她成为海外昆曲社的灵魂人物,记不清演出了多少场次昆曲,为中国昆曲,这一世界最美的声音走向世界,做出了她自己的特有贡献。巧合的是,抗战结束后,联合国教科文组织第一次到苏州考察昆曲,当时观看的昆曲,就是由张充和领衔演出的曲目《牡丹亭》;张充和的杜丽娘演了一辈子,到老了还被俞平伯赞誉"最蕴藉"。

随着学者们对张充和文化传承的研究,她的名字渐渐走出了她的小园,走出了她的书斋,走向了大众视野。但是她始终说自己这辈子就是喜欢玩,抱定了一种态度:"十分冷淡存知己,一曲微茫度此生。"她的夫君——著名汉学家、中国诗歌研究学者傅汉思曾称妻子是诗人:"我从自己的妻子张充和那里获得了持之以恒的帮助和灵感,她本人就是一位诗人,一个中国诗歌的终生弟子,以及中华文明最美好精致部分的活生生的化身。"

张充和在日本的照片

2018年盛夏,我带着妻子和孩子去厦门游玩,在厦门见到了一位朋友,也是安徽老乡,陈满意兄。满意兄也是一位"张迷",收集了很多史料,正在撰写《张树声大传》,令人期待。他给我看了其新收的张充和的藏书,品相很好,有张充和的印章,可谓珍贵。

在厦门结束游玩后,我与家人分开,他们回苏州,我直接去了深圳,见张宗和的次女张以端女士。在多次的联络中,以端女士说她藏有不少父母和四姑的老照片,我一直惦记着。如约相见后,我见她所藏颇丰,尤其是张充和在日本的老照片,弥补了我一个很大的遗憾。

1966年3月,张充和带着孩子随傅汉思赴日短居,在京都淘旧书,去文具老字号购买毛笔,尝鲜吃日式料理,并对日本文化有了切身的感受。在给大弟张宗和的信中,她对赴日之行多有提及,并希望能够路过香港与大弟家见上一面,可惜未能如愿。

我在撰写《一生充和》时曾想过日本一节的配图,但在九如巷张家翻遍十几本相册,终没有见到,后来在贵阳张以𬘬家也没有见到。没想到这些照片就藏在以端家。

1966年3月,张充和在给大弟张宗和的信中曾提及:"来到日本京都,素称洛阳,西洋人尤盛道。古都风味我也不觉得什么,也去逛过最热闹的商场，说觉得不能叫人狂喜，或新鲜可爱。因为它（文化）不是学中国便是学西洋，尤其商场，至于本位文化无非是木刻、木偶等等。"

同时还提及："我们已渐习惯日本。京都的确有它的好处，就是保存旧建筑，旧手工业。我买到两方新制的砚台，是天然的，不雕不琢，极尽自然之态。同时大公司也有，但小街小巷中很有趣味，又干净又安静。许多古物古书，我买了些笔墨及抄曲的折子，也做得不错。"

据了解，张充和当时带着孩子住在京都大学边上一个叫清和庄的地方，环境雅致，樱花初开，有时京都还会下起"小雪"，极富古韵。张充和在此淘了很多文房四宝，闲暇时还自己做饭给孩子和汉思吃。

在以端保存的图片中可见，张充和与孩子们在日本京都生活安逸，心情怡然。京都的古建筑和自然保护都给她留下了深刻的印象。这些图片是张充和一生中颇为珍贵的瞬间，值得好好珍藏。

张充和与孩子在日本

张充和的一张艺术照

2017 年 11 月，我到北京出差，正好之前与张家三弟张定和的女儿张以童约定，到她家去看看张定和与张充和的史料。

按照约定时间，我从天安门附近赶往天桥，即中央芭蕾舞团、中央歌舞剧院。张定和生前曾在中央歌舞剧院担任作曲工作。如今，张以童仍住在单位家属院。小区虽显老旧，但清雅安静，很适合人居。

张以童收藏着父亲遗留下来的大部分资料和照片，其中有张定和的作曲作品和理论文章，还有张定和与张充和的很多合影旧照。

以童女士说，四姑每次回来都要来北京看看父亲，因为音乐上的爱好，她和父亲很谈得来，还有他们的合影照片也是最多的。我知道，后来张定和曾赴美居住过一段时间，与四姐张充和来往颇多，张充和还赠给他一套《桃花鱼》并做题跋。

张定和从小爱好音乐和摄影，一生作曲无数，且流传至今。而他对摄影也是精益求精，常常自设位置为姐姐和兄弟们摄影，有时还设定自动拍摄模式，一起加入合影。

在张定和保存下来的旧照中，我看到了张兆和与孩子的一张合影，孩子两边都是张兆和，可谓很超前的艺术摄影。

萬山新雨過涼意撼高松

旅雁難忘北江流盡向東

客情秋水淡歸夢蓼花紅

天末浮雲散沉吟立晚風

秋思

张充和《桃花鱼》书中辞章

有一张张充和倚门而坐的艺术照，还有一张倚门而立的，是同样的服饰，旗袍、玉镯、分头全都清清楚楚，就像是一对孪生姐妹的合影。这张照片相信也是张定和的绝妙艺术设计。

我看到张充和与张定和在陶然亭的一张合影，两人依假山湖石而立，精神矍铄，姐弟情深。张定和在照片背面写道："我和我的四姐充和于 1986 年冬在北京陶然亭公园合影。其时姐姐 73 岁，我 70 岁。"

在以童提供的旧照中，张定和对所有照片都做了细致的编号，尤其值得注意的是，张定和在上海期间就留下了大量的照片，而且还注明，上海马浪路富贵坊就是张家的住处。

还有一张在扬州冬荣园，即在张定和外婆家拍摄的大合影，其中有周有光、张允和、张定和、陆榴明（张定和表姐）等人，从中可见冬荣园旧貌一角。

张充和的艺术照

张充和题字回到外婆家

在张充和的文学作品中,有几篇是描述外婆家扬州的。这些作品曾经发表在《中央日报》副刊《贡献》上,后来我在编辑《小园即事》时把它们都收集了进去。从这些文字中,可见张充和对于外婆家的亲切之情。前段时间,扬州文学家韦明铧先生还说准备把这几篇文字收录进名家写扬州的集子中。

张充和喜欢去外婆家,可能与她的成长经历有关。她很早就离开了母亲,而母亲后来又过早地过世。能够来到母亲成长的地方生活一段时间,未尝不是一种弥补。而且此处她还能与舅妈们、表姐妹们一起亲切相处,逛逛扬州园林(陆家有自己的园子冬荣园),游览扬州的瘦西湖。张充和还写到舅妈带她去喝早茶,去照顾寡妇儿童的慈善机构,去寺庙庵堂等,其都印象深刻,从中感受到了人间悲喜,感受到了不同于她所生活的大宅院的社会生活。

冬荣园历经风雨,几度变动,直到后来陆家人全部搬迁出去,园林也被废掉。现在剩下的是昔日的陆公馆的部分建筑,扬州文化部门已经把它逐渐修复,并以租赁的方式向社会开放。据说以后还将成立冬荣园艺术馆,现在后花园的部分也正在修复中。当我获知这一消息后,立即赶往扬州参观,并受到了热情接待。扬州市文联原主席刘俊先生对未来冬荣园的规划做了系统的介绍。我后来再次去扬州冬荣园时,就把张充和于 2014 年给我题写的书名书法捐给了冬荣园,我希望这里能够再现冬荣园的雅致,再现家族的温馨,再现文化的氛围。让张充和的题字回到外婆家,我想若充和女士在世也会感到欣慰吧。

当我再次去扬州冬荣园时,是陪着《张家四姐妹》纪录片摄制组成员去的,他们曾经去美国拍摄过张充和的生活场景,并采访了张充和之子以元,说以元对母亲特别孝敬。后来摄制组导演王穆丹和霍明给我发来了张充和的晚年照片,还有张充和与儿子的合影,场面非常温馨。

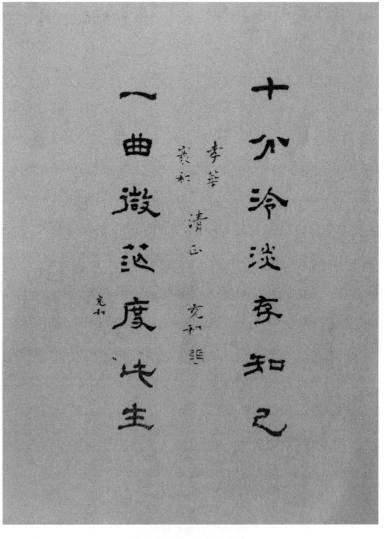

张家珍藏的张充和书法

张充和 VS 张爱玲？

　　这个标题不是我的原创。2014 年，阅读邻居在北京五道口一个高校校区里举行《流动的斯文》阅读会。阅读邻居"三剑客"邱小石、杨早、绿茶率众友出席，当时定的主题是"守定"。阅读期间就谈到了张充和与张爱玲，后来阅读邻居在整理这一段落时就取了此名。

　　张充和与张爱玲都是合肥人，都是清代官员后裔，都是出生在上海（我记得相距还不远），但是她们俩不认识，几乎也没有什么渊源。张充和晚年时说，她知道张爱玲，说她是皖南的张姓，说祖父张华奎曾与张爱玲祖父张佩纶有些交情，但她们俩没有任何交集。我看张爱玲的年谱发现，张充和流落多年的加州大学伯克利校区后来也曾成为张爱玲的栖身之地。只不过那时候张充和已经随夫远去东部了。

　　在阅读活动进行到讨论环节时，读者朋友"山水行之"说："我读这本书的时候对四姐妹中的张充和先生印象特别深，读她的经历的时候，下意识地我会把她和张爱玲做一个对比，想着张爱玲这个时间在干什么。"

　　我说："她俩出生在（上海）一条街上。"（后来我还发现她们到了美国后，有着共同的朋友——文学评论家陈世骧。张充和曾与陈世骧合作出版了《陆机〈文赋〉》中英文版，陈世骧翻译，张充和书写。张爱玲则在陈世骧所在美国加州大学伯克利分校中国研究中心担任助理，应该说陈是她的"上司"，只是两人后来闹出不和，但张爱玲还是去参加了陈世骧的葬礼，匆匆几分钟即离开了。）

"山水行之"说：张充和 1914 年出生，张爱玲 1920 年出生，当时她们两个在上海的家相距不太远。四姐妹都是才华横溢、蕙心兰质，张充和被大家公认为最棒，是否与她小时候八个月时即被她叔祖母抱养读《史记》等古书，一直到她十六岁回到大家族中有关系呢？张爱玲的经历是正常的教育，父亲教她读《四书》。张充和与张爱玲的生活经历有相似的地方，也有不一样的地方。她们都是官宦家庭出身，而且两人有一定的亲戚关系，张爱玲的祖母是李鸿章的女儿，而抱养张充和的祖母是李鸿章的四弟李蕴章的侄女。因为我既喜欢张爱玲，也喜欢张充和先生，所以就把她们做对比。

杨早先生说："就是从这一点出发，网上才会有帖子问：沈从文应该叫张爱玲什么？"（当时引起一阵幽默的笑声）

"山水行之"说："她们两人还有一定的关系，比如张爱玲给我的印象是清冷孤傲，而张充和先生是一生平和宁静，工作交往的都是当时中国的文人名士。但是到了 1949 年前后，有一点她们两个还是相像的，书上说当时在中国的大背景下，有些人选择留下，有些人选择出走，张充和觉得自己不适合中国的环境，坚定地走出去。张爱玲比她走出的时间晚，当时在一个会场，大家都穿着蓝制服，张爱玲穿的衣服跟大家不协调，自己也感觉到当时环境与她个人不太协调，所以她也选择出走。但是她们个人的婚恋与经历之后又相去甚远。张充和先生现在还健在,他们兄弟姐妹都挺高寿的,我觉得与她平和的心态有关系。张爱玲七十五岁左右在美国公寓去世,具体什么时间去世没有人知道。而张充和的一生是被亲情、友情包围着的,家庭也很幸福,有儿有女,自己事业如昆曲、书法、诗词都很棒。而且她的工作就是她的个人兴趣,张充和先生的一生是幸福美满的。而张爱玲让人感觉很心疼,她的一生孤傲又清冷,她唯一的一个弟弟后期也没怎么联系,和父母的关系也没有正常人想象的融洽。所以她的作品中呈现出来的都是有点冷、有点忧郁的基调。

"我有时候在想,如果张爱玲生在张充和家,张充和生在张爱玲家,是不是两个人以后的生活或者性情会不一样呢?王道老师在书里面写了一句话——'一个人的童年志趣决定以后长大的志向',我觉得在这本书里面形容张充和的成长命运挺合适的。虽然张家这个大家族经历时代的沧桑变迁,但是每个人都能拥有一种从容平和的心态,这是我读这本书的最大收获。"

我记得现场还有读者朋友说,"张冀牖这个人确实比较开明,他在那个年代里对他子女的教育能够放得这么开,让我比较敬佩"。家庭的教育,应该说给了张充和一些至关重要的性格影响,但我觉得,很多骨子里的东西,却是外因无法主导的。因此当提及同在美国生活的张充和与张爱玲,为何一位是"仙逝"一位是"惨死",曾有过激烈的争论。但我并不认可"张爱玲惨死"的说法,我甚至觉得她是真正实现了对个人生死的掌握。我甚至觉得张爱玲与张充和是无法放在一起比较的,因为她们之间没有可比性。

　　我曾在上海虹桥机场偶遇陈子善先生,倾听陈先生谈新书《看张及其他》,真是一种受益和享受。当我适时提出张充和与张爱玲时,陈先生淡淡地说,不一样嘛,性格不一样嘛。

后 记

关于合肥张家的书我最早是从张充和的史料介入的，后来慢慢发现关于她的内容越来越多，以至于一本传记都无法容纳得下。我个人认为，其中一些内容颇具史料价值，不只是记录了张充和的人生历程，还有那些挚交，那个时代。因此，我决定"另起炉灶"做一本小小的册子，权当这么多年收集资料的一个见证和纪念。当然这里面还是去除了一些尚未来得及整理的内容，为将来再做整理留一个念想。张充和的书会越出越多，并会越出越好，这是很多作者和整理者的功劳和奉献，我愿意做一些补白事宜。这里要感谢张家人以及张家朋友们的一路支持，尤其要感谢周孝华女士、沈龙朱先生、张以端女士、张以㟹女士、周和庆女士等等。同时还要感谢本集中收录的张充和亲属的几篇作品，这些作品也是了解张充和艺术世界的一个方面。本集中涉及的史料颇多且杂，本人在整理过程中可能会有谬误，还请各位方家指教。此书结尾时正是初冬时节，暮霭雾霾，朦胧不清，由此想起了张充和女士抗战时期在江安写的一首词的下半阕：

碧空烟霭暮悠悠，思绸缪，梦沉浮。怎个韶光，去去肯淹留。昨夜清霜千嶂瘦，山不语，水无愁。

王道

丙申冬于姑苏金鸡湖畔

　　在编校此书时,又得几事,特为之记。一是 2019 年 10 月,耶鲁大学苏炜教授特向九如巷张家捐了一批张充和临帖书法作品;二是张充和书法《流动的斯文——合肥张家记事》归于扬州冬荣园;三是苏州枫桥景区重修开放,其中大戏台上张充和题写"吴门古韵"匾额成为亮点。

　　春华秋实,日月如梭。眼看着这本小书在岁月中流转,从一年的冬天,又来到新一年的寒季。张充和的"文化遗产"非但没有退潮,反倒有历久弥新之意蕴。在此谨录饶宗颐和张充和句以纪:

　　流梦应教山海接。撇却诗书,归路云千叠。吟遍声声难妥帖,柘丝弹出庄生蝶。

　　感月吟风思去楫。湖水青青,又见飘芦叶。久悔终年抛语业,思量总负羊裙褶。

王道

己亥年大雪时节于平江路